Katharina Rutschky

Emma und ihre Schwestern

Ausflüge
in den real existierenden
Feminismus

Carl Hanser Verlag

1 2 3 4 5 02 01 00 99

ISBN 3-446-18766-9

Satz: Satz für Satz. Barbara Reischmann, Leutkirch
Druck und Bindung: Clausen & Bosse, Leck
Printed in Germany

Inhalt

1
Feminismus ist die Antwort – aber auf welche Frage?

Kritik hört niemand gern. Wenn ich gleich eingangs verrate, daß ich damals, als alles anfing, noch nicht einmal dabei gewesen bin, daß ich auch in der Folgezeit mein skeptisches Desinteresse nie revidiert und erst in den letzten Jahren aufgegeben habe, dann stellt sich natürlich die Frage, woher mein Sinneswandel rührt. Wichtiger noch die nächste: ob ich überhaupt berechtigt bin, heute eine Bewertung der Frauenbewegung und des Feminismus vorzunehmen. Den Mut dazu könnte ich immerhin aus der Beobachtung ableiten, daß die BRD dasselbe mit der DDR gemacht hat und noch macht, einem Staats- und Gemeinwesen, das vier Jahrzehnte gedauert und sechzehn Millionen Teilnehmer gehabt hat, die plötzlich evaluiert werden oder es im Hinblick auf ihr gelebtes Leben selbst tun müssen. Die Tatsache, daß ich ausweislich als Frau bzw. »weiblich« geführt werde, spricht zwar grundsätzlich zu meinen Gunsten; denn Frauen dürfen über Frauen reden und sie sogar kritisieren. Frauen dürfen auch über Männer reden und müssen sie sogar kritisieren. Männer dagegen haben bei Frauenthemen – und welche das sind, das bestimmen auch Frauen – kein Rederecht und haben wohlweislich auch nie den Versuch gemacht, es einzuklagen. Wenn sie doch einmal den Mund aufmachen, wie bei den Entscheidungen des Bundesverfassungsgerichts zum § 218, dann mußte man später erfahren, daß es viele Frauen gibt, die sie aus Überzeugung mittragen. Daß dieser Paragraph nicht die

Abtreibung und die Selbstbestimmung der Frau über ihr Leben und ihren Körper regeln, sondern dem »Schutz des ungeborenen Lebens« dienen soll, geht ja inzwischen allen flüssig von den Lippen. Dennoch zeigt sich immer wieder, daß es Frauen gibt und andere, die als Alibifrauen, männeridentifizierte Karrieristinnen oder in der subtileren Gestalt der Mittäterin die Sache des Feindes betreiben, der eben nicht nur außen, sondern auch innen seine Bastionen errichtet hat. »In einem Patriarchat sind Frauen nicht selten selbst – und selbstzerstörerisch! – die Exekutantinnen der Männerherrschaft«, warnte Alice Schwarzer 1984, als die große Zeit der Frauenbewegung, rein zahlenmäßig betrachtet, ja auch schon vorbei war und die Abspringer und Dissidenten sich mehrten.[1] Das Gerücht vom »backlash« ist ein Stereotyp der Frauenbewegung und ging um, lange ehe es der Bestseller von Susan Faludi in den Neunzigern sprichwörtlich machte.[2] Schwarzer schrieb schon 1984: »Anderthalb Jahrzehnte nach Aufbruch der Frauenbewegung ernten wir Frauen neben den Früchten unserer Revolte auch die Folgen, die Reaktionen der anderen Seite.« Zwar ist die Zahl der berufstätigen Frauen kontinuierlich gestiegen, und immer mehr Frauen bestehen allein oder sogar »in Lebensgemeinschaften mit Männern auf einer eigenständigen Existenz« – gleichzeitig gilt aber auch, daß die Angst, »die Angst vor dem Liebesverlust, die Angst vor der Männergewalt, die Angst vor der Arbeitslosigkeit – so manche Frau wieder in den Selbstbetrug, in den Rückzug, in die Frauenecke« treibt. Das ist schlimm, kann aber Schwarzer beim Verfolgen der gerechten Sache nicht irritieren: »Es geht den radikalen Feministinnen wie allen Radikalen: Sie sind die Unbequemsten und darum die Verfemtesten.« Verfemt bei den Männern, denen sie die Suppe versalzen, aber auch unbequem für die Frauen, die zu schüchtern, zu feige oder zu korrupt sind, die Konsequenzen des Schwarzerschen Feminismus mitzuziehen. Die sonderbare Selbsteinschätzung einer erfolgreichen Journalistin und Autorin ließe auf mangelnden Realitätskontakt schließen, wenn nicht offenbar wäre, daß Schwarzer sich die Rolle der feministischen Bravada selbst ausgesucht hat und damit viel Zuspruch bei Anhängern und Gegnern gleichermaßen findet. Als Person hat sie den Feminismus populär gemacht – über dessen Bedeutung, gar seine umstürzende Radikalität ist damit aber nicht entschieden.

Was heißt es für den Pop-Feminismus, Verhältnisse ungeschminkt zu benennen und den »Dingen an die Wurzel zu gehen«? Es gibt Frauen. Und es gibt Frauen, die sich aus verständlichen oder verdächtigen Gründen noch der Einsicht entziehen, daß ihr nächster Mann ihr schlimmster Feind ist. Drittens gibt es Frauen aber auch in der Form eines Patentverfahrens, mit dem verwickelte politische, kulturelle und ökonomische Verhältnisse weltweit auf das Niveau des evidenten moralischen Skandals reduziert werden können. So leicht Empörung und Entsetzen auszulösen sind, so schlicht die Konzepte, mit denen dann praktisch Abhilfe geschaffen werden soll – wenn man sich darüber überhaupt noch Gedanken machen kann. Der beliebteste rhetorische Kunstgriff zur Erzeugung moralischer Evidenzen ist der Einsatz von scheinbar objektiven Zahlen und Statistiken, die auf dem Untergrund wohlfahrtsstaatlich interpretierter individueller Menschenrechte für jede Frau und jedes Kind auch den Dümmsten überzeugen. Unter der Überschrift »Die andere Meinung« verbreitete sich etwa Britta Steilmann, eine junge Unternehmerin, über »Das Elend der Frauen«, ihre weltweite Benachteiligung und die Dominanz der Männerwelt mit einer Emphase, als gehörten ihre Einsichten nicht schon seit Jahren zu den Gemeinplätzen eines Feminismus, dessen Radikalisierung zur weltweiten Frauenbefreiung und Kinderrettung das Scheitern vor Ort nur vertuschen hilft.[3] 640 Millionen Frauen sind Analphabetinnen; 114 Millionen wurde die Klitoris beschnitten, und zwar – ein Schönheitsfehler, der verschwiegen wird – von Frauen. 200 Millionen Frauen fehlen auf der Welt, weil in Indien, Pakistan und Bangladesh weibliche Föten abgetrieben und weibliche Babies ausgesetzt werden. Frauen leisten zwei Drittel der weltweiten Arbeit, erhalten aber nur ein Zehntel des Welteinkommens. Wer die hierzulande üblichen Milchmädchenrechnungen hinsichtlich der weiblichen Hausarbeit und Erziehungsleistung als Ökonom, Soziologe oder Kulturwissenschaftler überprüft, wird solche Hochrechnungen mit Skepsis aufnehmen – der Leser, und vor allem die Leserin sind beeindruckt von den sogenannten Fakten. Fehlen dürfen in der Abrechnung mit der Männerwelt, in der wir Frauen leben, natürlich auch nicht die Kinderprostitution in Thailand, die Steinigung von Ehebrecherinnen im Iran und die epidemische sexuelle Gewalt gegen Frauen und Kinder in der westlichen Welt, gerade dort, wo sie sich sicher und beschützt fühlen sollten – in der Familie.

Wenn es gescheiten Sozialarbeitern in Berlin, Köln oder anderswo nicht einmal gelingt, die vergleichsweise wenigen Straßenkinder, Trebegänger und jugendlichen Stricher »abzuschaffen«, und wenn die humane Resignation der Helfer sich auf Angebote zum Ausstieg und auf Palliative für den größeren Rest beschränkt, dann sollte das allen eine Mahnung zu mehr Bodenhaftung sein. Auch nach dem Ende der Frauenbewegung, das von vielen Veteraninnen bedauert, aber zugegeben wird, haben sich Frauen jedoch als Patentverfahren zur Reduktion von Weltkomplexität erhalten. Wohin man auch blickt, welche Problemfelder auch immer auftauchen, von der Arbeitslosigkeit über die Universitätsreform bis hin zu den Auseinandersetzungen im ehemaligen Jugoslawien, es wird ununterbrochen eingesetzt. Man tut das nicht, um als Lobby in Konkurrenz zu anderen die Interessen seiner bestimmten Klientel zu vertreten, sondern um immer erneut das Dogma zu bekräftigen, daß eine schlingernde Männerwelt ohne die vorrangige Bearbeitung der Frauenfrage nicht auf Kurs in eine friedliche und gerechte Zukunft für alle zu bringen ist. Von der marxistischen Arbeiterbewegung, welche die Frauenbewegung in mancher Hinsicht schon beerbt hatte, ehe der Ostblock kollabierte, unterscheidet sie sich jedenfalls durch das Fehlen eines plausiblen Schemas des Woher und Wohin. Abgesehen vom Modus des Klagens und Beschwerens fehlt es auch an Kampfstrategien. Die Aussicht, daß Frauen, nach dem Ende des

Patriarchats endlich zum Zuge gekommen, eine Gesellschaft verändern, weil sie anders und vielleicht sogar besser wirtschaften, forschen, verwalten und regieren, ist mehr als vage. In Sonntagsreden wird zwar oft behauptet, daß es sich keine Gesellschaft leisten könne, auf die kreativen Potentiale ihrer weiblichen Hälfte zu verzichten, Zweifel sind aber angebracht. Unersetzlich sind Frauen als Geliebte, Mütter, Hausfrauen, Subsistenzwirtschafterinnen und Erbringerinnen sozialer Dienstleistungen der vielfältigsten Art, bezahlbar sind sie in allen diesen Funktionen nicht. Andererseits werden diese Funktionen immer weniger nachgefragt bzw. unter modernen Bedingungen nicht traditionell honoriert. Das Beispiel der indischen Geschlechterstatistik ist kraß, aber lehrreich. Kann man sagen, daß dort 200 Millionen Frauen »fehlen«, oder muß man nicht vielmehr sagen, daß sie »überflüssig« waren? Wir schauen mit Entsetzen auf die Geschlechterökonomie anderer, offenbar unterentwickelter Gesellschaften und bleiben blind für die eigene. Die Frauenbewegung und der Feminismus in seinen vielen Spielarten haben es nicht vermocht, uns die Augen zu öffnen.

Alle Reden von Benachteiligung und geschlechtsbezogenen gesellschaftlichen Konstruktionen zum Schaden der Frauen gehen an der Tatsache vorbei, daß die Frauen im Limbus leben. Nach katholischer Lehre ist der Limbus neben Himmel und Fegefeuer ein Ort, in dem ungetauft verstorbene Kinder und jene Gerechten existieren, die vor dem Opfer Christi und der Himmelfahrt gelebt haben. Sie werden einer sonderbaren Zwischenwelt überantwortet, welche die Frage nach Anerkennung und Nichtanerkennung in der Schwebe hält. Die Moderne hat die Frauen auf die historische Bühne katapultiert, ihnen aber nicht gesagt, was sie da tun sollen.

Die Geschichte der vergangenen zweihundert Jahre läßt sich als eine Geschichte von Verlusten wie als eine Geschichte von beispiellosen Erfolgen interpretieren, und je nach Stimmung kann man auf die eine oder die andere Seite abheben. Die gleichberechtigte Frau ist ein Phänomen der Moderne, und insofern können Frauen als die eigentlichen Gewinner der Modernisierung in den westlichen Industriegesellschaften gelten. Dafür lassen sich Indikatoren finden: im Bereich des Rechts, der Arbeitswelt, im Bildungswesen und der vielfach gesteigerten Lebensqualität, die zu einer merklichen Erhöhung der weiblichen Lebenserwartung geführt hat. Ebenso plausibel sind die Indikatoren, welche Frauen als Opfer einer halben Modernisierung kenntlich machen, die an der uralten Ungleichheit der Geschlechter wenig geändert hat. Nach wie vor liegen Macht und Reichtum in Männerhänden.

Die neue Frauenbewegung seit den sechziger Jahren ist, anders als die des 19. Jahrhunderts und der ersten Jahrzehnte des 20., Symptom eines radikalisierten unglücklichen Bewußtseins, in das die Frauen deutlicher als je zuvor eingesperrt sind. Nicht Freiheit, Gerechtigkeit und Emanzipation, sondern Betroffenheit und Selbstverwirklichung sind deshalb die Lieblingsvokabeln der Bewegung geworden.

Sie oszilliert nun schon seit vielen Jahren zwischen immer diffizileren Leiden und Klagen auf der einen und ebenso umfassender werdenden Ansprüchen auf der andern Seite. Ein Ende ist nicht abzusehen, Fortschritte lassen sich ebensowenig erkennen. Ein Hamburger Frauenprojekt, die »Frauenwoche«, resignierte nach fünfzehn Jahren und stellte seine letzte Veranstaltung 1996 unter die treffende Überschrift »Die Antwort ist Feminismus – und wie war noch mal die Frage?«.[4]

Wenn alles vorbei ist, ist man immer klüger. Eine kritische Auseinandersetzung mit der Frauenbewegung kann nur das Ziel haben, diese Frage im Durchgang durch ihre Geschichte, ihre Theorien und Projekte wieder offenzulegen. Entmutigen könnte einen bei diesem Versuch weniger die Besorgnis, als späte feministische Seiteneinsteigerin nicht ernst genommen zu werden, als vielmehr die Befürchtung, daß alles schon irgendwie und irgendwo einmal gesagt worden ist. Denn angekommen ist die Frauenbewegung wieder dort, wo sie vor hundert, zweihundert Jahren auch angefangen hat, auf dem Papier. Beschriftet wird es heute allerdings im Umkreis der

Universitäten von Frauen selbst. Das ist neu, auch wenn die Bewegung damit ihrem Ursprungsmilieu, der bürgerlichen Mittelklasse, zu ihrem Nachteil verhaftet geblieben ist, die moralisch denkt und pädagogisch handelt.

2
Wie eine Tomate Geschichte machte – und welche

Bedenkt man die durchschnittliche Lebenserwartung von Frauen in unserer Gesellschaft – sie liegt bei achtzig Jahren und damit um einiges höher als die der Männer –, dann starb Sigrid Damm-Rüger, erst Mitte Fünfzig, viel zu früh. Als ich die Todesanzeige im Januar 1996 las, erinnerte ich mich an eine sympathische, kluge und auffallend hübsche junge Frau, die ich in den sechziger Jahren im Berliner SDS kennengelernt, aber später ganz aus den Augen verloren hatte. In einer eigenen Anzeige nahm die Berliner FrauenfrAktion den Tod zum Anlaß, sich und uns an etwas anderes zu erinnern. »Wir danken Sigrid Damm-Rüger für ihren Mut«, hieß es da. »Mit ihrem Tomatenwurf beim letzten SDS-Kongreß 1968 hat sie der neuen Frauenbewegung ein entscheidendes Signal zum Aufbruch gegeben.« Und dann wurden Frauen und Männer aufgefordert, zur Beisetzung zu erscheinen und sich danach einen Film anzusehen, der die »Zeit des Aufbruchs der Frauenbewegung thematisiert«. Gezeigt wurde »Der subjektive Faktor« von Helke Sander, einer anderen Pionierin aus jenen nun schon fast sagenhaften Anfangs- und Ursprungszeiten der neuen deutschen Frauenbewegung.

Gleichzeitig annoncierte ebendiese FrauenfrAktion in der *tageszeitung* die Gründung einer medienkritischen Initiative und lud alle Frauen ein, die mit ihrer Tageszeitung »unzufrieden« sind, sich an der Vorbereitung eines größeren Forums zu beteiligen. »Wir bereiten eine Befragung der ChefredakteurInnen von taz, Tagesspiegel, Junge Welt, Neues Deutschland und Berliner Zeitung vor. Wie wichtig ist ihnen eine antisexistische, antirassistische und soziale Ethik in der Berichterstattung? Wie ernst werden sie uns als Abonnentinnen und Konsumentinnen ihrer Zeitung mit unserem Anspruch zu nehmen haben?«

Zwischen 1968 und 1996 liegen achtundzwanzig bewegte Jahre. Die Frage, was denn aus der Tomate und der Frauenbewegung geworden ist, läßt sich ohne große Umstände durch den Vergleich beider Ereignisse beantworten. Welche Prämissen und Strategien bestimmten den Anfang und welche das vorläufige Ende auf dem Tribunal der FrauenfrAktion für die Berliner ChefredakteurInnen linker und liberaler Zeitungen? Unterm Strich beeindrucken die Konstanten mehr als die Fortschritte. Woraus man entweder schließen kann, daß in achtundzwanzig Jahren wenig passiert ist oder daß die Frauenbewegung in diesen Jahren nicht schlauer geworden ist. Ich favorisiere die These, daß die Frauenbewegung im Anfang steckengeblieben ist, sich als nicht lernfähig erwiesen hat und deshalb heute in der Kanonisierung reaktionärer und restaurativer Politik endet.

Der Tomatenwurf von 1968 gehört zwar zum sprichwörtlichen Gemeingut, fest steht aber nur eins, daß er am 13. September in Frankfurt am Main auf der vorletzten Delegiertenkonferenz eines linken Studentenverbands stattgefunden hat und daß Sigrid Damm-Rüger die Werferin war. Schon ob sie eine oder drei Tomaten warf, ist umstritten; warum und weshalb sowieso. Die Medienwirkung der Tomate(n) im allgemeinen und ihre Signalwirkung auf Frauen im besonderen sind ein weiteres Feld, das frauenforscherische Recherche zu beleuchten hätte.

Von den zahlreichen Darstellungen des mythischen Anfangs wähle ich die vorläufig letzte, auch wegen ihres Versuchs, viel spätere Entwicklungen in der Frauenbewegung harmonisch einzupassen. Viel Zeit ist zwar vergangen, viele Protagonistinnen sind verschwunden und durch andere ersetzt, aber das

Grundmuster ihrer Geschichtsschreibung ist die Apologie geblieben. Die psychoanalytische Gruppentheorie spricht von »bible making«, von einem Versuch, durch Beschwörung der gemeinsamen Geschichte Konflikte zu verdrängen, die den Zusammenhalt der Gruppe gefährden.

»Nach dem Attentat auf Rudi Dutschke hatte die Außerparlamentarische Opposition ihre Power verloren und verzettelte sich in internen Hahnenkämpfen. In die allein von Männern bestrittene Debatte um eine Selbstauflösung platzte ein Auftritt der heutigen Filmemacherin Helke Sander. Als Delegierte des Aktionsrats zur Befreiung der Frauen forderte sie lautstark eine Berücksichtigung der ›Interessen von Frauen und Müttern‹ und verlangte von den Männern, daß ›unsere Problematik inhaltlich diskutiert wird‹. Aber die mochten nicht mal zuhören. Die Zuhörerin Sigrid Damm-Rüger, damals hochschwanger, aß gerade Tomaten, als sie die Wut packte. Sie wollte eine Tomate auf dem ungerührten Gesicht des damaligen SDS-Bundesvorsitzenden Schauer landen, weil es aber eine Spontantat war, hatte sie vorher nicht geübt. Das erste feministische Wurfobjekt der neueren Geschichte landete klatschend auf SDS-Führer Hans-Jürgen Krahl. Der aber war schwul und alles andere als ein Frauenfeind. ›Der Krahl lag abends in der Badewanne und weinte‹, erinnert sich Tilman Fichter. ›Da kam die Sigrid und tröstete ihn.‹ So war sie. ›Auch wenn sie den Falschen getroffen hatte, so war es dennoch die wohl bestplazierte Tomate der Weltgeschichte. Der SDS trat ab, die Frauen traten auf.‹«[1]

In der feministisch korrekten Umschrift des Ereignisses erscheint ein linker Studentenklub als Männerklüngel, der sich lächerliche Hahnenkämpfe liefert. Soweit die Teilnehmer ihrer Orientierung nach als heterosexuell galten, bestand die begründete Vermutung, die sie durch ihr konkretes Verhalten ja auch bestätigten, daß sie Frauenfeinde waren. Schwule Männer sind von dieser Vermutung ausgenommen – warum auch immer. Das Ende des SDS war verdient und ließ ja auch nicht lange auf sich warten.

Der Schmähung der Männer korrespondiert auf der andern Seite die Idealisierung, ja Heroisierung der Frauen. Sie platzen in eine Männerdebatte, die schon per se nur falsch sein kann, und artikulieren lautstark die eigentlich wichtigen Fragen, die auf die politische Agenda gehören und die die Männer über ihren Glasperlenspielen verschlafen haben. Sie bleiben so ungerührt, wie man es von einer abgewirtschafteten Kaste erwarten kann. Leben und Leidenschaft sind auf Seiten der Frauen, Recht und Gerechtigkeit ohnehin.

Mythen mögen wirksam sein, klärend und aufklärend ist ihre Dauerpflege nicht. Ein radikaler, gleichwohl viele Jahre lang ganz traditionell operierender Studentenverband war auf die plötzliche Entdeckung der Frauenfrage als eines Haupt-, nicht bloß Nebenwiderspruchs, noch dazu in den eigenen Reihen, ganz und gar nicht vorbereitet. Die Verblüffung auch bei vielen seiner weiblichen Mitglieder war groß, das Befremden über die Form der persönlichen Angriffe des einen auf das andere Geschlecht ziemlich allgemein. Tatsächlich bedurfte es ja auch noch vieler Jahre, bis die Sexualisierung der Gesellschaft im großen und kleinen, im privaten wie im öffentlichen Leben sich als griffige Methode zur Strukturierung der politischen, pädagogischen, ästhetischen usw. Wahrnehmung durchsetzen konnte. Die Beobachtung, daß Krahl als Schwuler kein Frauenfeind sein konnte, hätte man 1968 auf keinen Fall machen können; so wenig wie es damals, politisch betrachtet, Schwule gab, so wenig wußte man von der Frauenfeindlichkeit heterosexueller Männer, geschweige denn der Frauenversklavung durch die sogenannte Zwangsheterosexualität im Patriarchat. Hat die Sexualisierung der Gesellschaft – ein historisch und soziologisch deutbares Phänomen in modernen Gesellschaften – den nachmaligen Schwulen die Befreiung gebracht, so scheinen die Frauen nicht voranzukommen. Hört man von den Schwulen nur noch wenig und steht heute nur noch die rechtliche Anerkennung ihrer Lebensgemeinschaften aus, so werden von Frauen immer ausgesuchtere Erklärungen gebildet und immer radikalere Maßnahmen gefordert. Ihre Unruhe ist geblieben.

Es ist notwendig, die allgemeine Sexualisierung als zentralen Aspekt der Individualisierung in modernen Gesellschaften von der frauenbewegten feministischen zu unterscheiden. Warum der kleine Ursprungsmythos von der Tomate so beliebt ist, ist noch so wenig erklärt, wie unklar geblieben ist, was damals wirklich geschah. Der Eindruck, daß Helke Sander ihre Rede nicht habe halten können, läßt sich leicht widerlegen. Als Delegierte der Berliner SDS durfte sie im Namen ihrer autonomen Frauengruppe, eben des »Aktionsrats zur Befreiung der Frauen« sprechen. Im Grunde lief sie auf ein Bündnisangebot hinaus, unter der Bedingung, daß der Studentenverband sich dessen Programm und Situationsanalyse zu eigen mache bzw. ernsthaft diskutiere.

Inhaltlich ist die Rede auch heute, nach achtundzwanzig Jahren, nicht überholt und bietet eine Summe aller Frauenbeschwerden über die Ausbeutung im Reproduktionsbereich (als Mütter und Ehefrauen), den Ausschluß aus männerzentrierter Politik und Organisationen, welche die spezifischen Bedürfnisse von Frauen nicht berücksichtigen, die sich dem männlichen Leistungsdruck und Konkurrenzverhalten nicht anpassen können oder wollen und deshalb zu einem Leben in privatem Frust und öffentlicher Unsichtbarkeit verdammt sehen. Die wenigen Frauen auf höheren Posten, im SDS und anderswo, verdankten ihren fragwürdigen Erfolg einer teuren Anpassungsleistung, der Selbstverleugnung als Frau. Als Mitgift versprach der Aktionsrat, ins Bündnis die Frauen mit Kindern einzubringen, von denen man annahm, sie seien besonders wütend, besonders artikulationsfähig und deshalb »am leichtesten politisierbar«.[2]

Daß diese Rede auf Unverständnis stieß und undiskutiert zur Kenntnis genommen wurde, verwundert wenig. Studenten haben und hatten selten Kinder, eine beklagenswerte Ehefrau ebensowenig. Als Verband stand der SDS vor der Auflösung, um seine Mitglieder in die sich diversifizierende APO zu entlassen. Nach den Universitäten wurden Schulen, Gewerkschaften, die Nachwuchsorganisationen der etablierten Parteien und kirchliche Gruppen von der antiautoritären Bewegung erfaßt. Die Zeit für einen theoretisch arbeitenden linken Intellektuellenzirkel war abgelaufen. Seine männlichen und weiblichen Protagonisten (eine Unterscheidung, die man bis dahin gar nicht gemacht hatte) gingen eigene und ganz unterschiedliche Wege.

Wo war nun im Verlauf der Ereignisse der Platz für die berühmten Tomaten? Im Unterschied zu der Nacherzählung von 1996 behauptet eine andere: »Rüger warf nach dem Ende der Rede drei Tomaten auf die süffisant grinsenden Männer am Vorstandstisch, empört darüber, daß die Genossen über die Rede stillschweigend hinweggehen wollten.«[3] Statt Ungerührtheit also deutlich zur Schau gestellte Arroganz. Wie dem auch sei, Sanders Ultimatum am Schluß ihrer Rede mochte wohl persönliche Abwehr auslösen. Sie schloß: »Genossen, wenn ihr zu dieser Diskussion, die inhaltlich geführt werden muß, nicht bereit seid, dann müssen wir allerdings feststellen, daß der SDS nichts weiter ist als ein aufgeblasener konterrevolutionärer Hefeteig. Die Genossinnen werden dann die Konsequenzen zu ziehen wissen.«

Auch diese Fassung enthält einen sachlichen Fehler. Mit der Soziologin Heide Berndt saß auch eine profilierte Genossin als »Frau« auf dem Vorstandspodium. Was wäre aus dem kleinen Ursprungsmythos von der Tomate geworden, wenn sie und nicht der später als Schwuler und Frauenfreund rehabilitierte Krahl von der ungeübten Werferin getroffen worden wäre? Eine Zeugin, die damals als Genossin und Aktivistin des Frankfurter »Weiberrats« am Schauplatz war, teilte 1996 eine weitere Version des Ereignisses mit, die immerhin den Vorzug hat, in sich stimmig zu sein. Eine Gruppe von Frauen habe damals im Hintergrund die Verhandlungen verfolgt und untereinander, aber vernehmlich, Kommentare und Witzeleien ausgetauscht. Der Vorsitzende Schauer habe sie ziemlich schulmeisterlich zur Ruhe aufgefordert und Rüger habe darauf mit dem Wurf der Tomate reagiert, die sie gerade im Begriff war zu essen. Wenn es so war, versteht man auch besser, weshalb sie den versehentlich getroffenen Krahl abends tröstete. Man versteht auch besser, warum sie in der Folgezeit so wenig daraus gemacht hat, eine Tomate als erstes feministisches Wurfobjekt in der Geschichte plaziert zu haben. »Die anfangs so bekannte SDS-Sprecherin trat wieder in den Hintergrund der Geschichte. Die Berliner Feministin Halina Bendkowski wollte deren Tat indes nicht in Vergessenheit geraten lassen und lud sie 1988 zu einer ihr gewidmeten Veranstaltung ein. Ganz bescheiden habe Rüger berichtet. Die Mitbegründerin der Frauenbewegung widmete sich längst anderen Themen.«[4] Leider wird nicht übermittelt, ob man Rüger auf der Jubiläumsveranstaltung auch einmal gefragt hat, warum aus der Mitbegründerin der Frauenbewegung keine Feministin geworden ist. Mythenpflege ersetzt die Nachforschung nach all den Frauen, die der Bewegung und dem Feminismus im Lauf der Jahre verlorengegangen sind, und das Nachdenken darüber, warum es zu keiner Traditionsbildung gekommen ist. Man gewinnt den Eindruck, als könne der nachwachsenden Frauengeneration als kostbarstes Erbe nur die Erinnerung an die heldenhaften Zeiten überantwortet werden. Was wirklich erreicht wurde, ist auch nach Einschätzung vieler heutiger Frauenpolitikerinnen und Frauenforscherinnen viel zu wenig, und selbst das Wenige, so klagt man weiter, wird vom Nachwuchs nicht gewürdigt. Die hart erkämpften Fortschritte sind ihm selbstverständlich, und statt die Fackel weiter zu tragen, bleibt er weg und aus. So ist die Frauenbewegung nicht nur zahlenmäßig fast gegen Null geschrumpft, sie ist auch buchstäblich in die Wechseljahre gekommen, ohne Töchter nachgezogen zu haben.

Selbsterforschung wäre angezeigt. Der Abstand der Jahre, gesammelte Erfahrungen und erlittene Enttäuschungen haben nicht dazu geführt, daß man die wilden Anfänge kritisch unter die Lupe nimmt und prüft, ob man neben den richtigen auch falsche Fragen gestellt und falsch beantwortet hat. Der mythische Tomatenwurf wurde aufgefaßt als eine höchstnotwendige Kriegserklärung des weiblichen an das männliche Geschlecht. Das war ja nun von Anfang an weniger, als es auf den ersten Blick scheinen mag, ein Akt der Selbstbestimmung und der

Souveränität; denn die Kriegserklärung ausgerechnet im Kreis eines linken Studentenverbands konstituierte im Akt ja den Gegner erst auf eine bestimmte, hoffnungslose Weise. Mit einer Tomate kann man niemanden verletzen, wohl aber kränken, beschmutzen und lächerlich machen. Der Wurf erscheint als eine Offerte zum Clinch mann-weiblicher Protagonisten nach dem alten Muster des Ehe- und Hauskriegs, der bestenfalls mit der Scheidung oder dem Tod enden kann. Geflissentlich übersah man schon damals das vieldeutige Schweigen, mit dem die Männer die erste Kriegserklärung (und alle die noch folgen sollten) kommentierten. Ein Gegner, der sich verweigert, bringt den Angreifer dazu, sich in immer absurderen Provokationen zu verzetteln, denen schließlich auch viele Frauen nicht mehr zu folgen vermögen. Solche Mißerfolge haben aber nicht verhindert, daß der kriegerische Dialog, der direkt nicht einmal in Form ernsthafter politischer oder wissenschaftlicher Debatten zustande kam, als Konzept erhalten blieb. Fixiert auf einen mächtigen, aber eben unsichtbaren Feind, verfällt man leicht auf den Ausweg des Amokläufers. Neben der Betroffenheit ist deshalb der schon sprichwörtliche »Mut zur Wut« die affektive Basis, die Frauen brauchen und lernen müssen.[5]

Mit der Verklärung der Tomatenwerferin von 1968, die ihrer Wut spontan und auf unkonventionelle Weise Ausdruck geben konnte, wurde die freche, aufmüpfige und unberechenbare Frau als ein Prototyp der Bewegung kreiert. Neben dem Vorzeigeopfer und dem tapferen Opfer wird dieser Typ von Frauen favorisiert, weil er den harten Kampf mit unbeirrbar guter Laune zu führen verspricht. Aber auch bei Männern und in den Medien findet er Beifall. In Hamburg gab es eine »freche« Frauenfraktion in der Bürgerschaft, die große Beachtung fand. Und keine Saison vergeht, in der nicht irgendwer eine freche weibliche Rockband oder gleich eine Mädchengeneration entdeckt, die mit ihrem offensiv zur Schau getragenen Selbstbewußtsein alle entzückt.

Dieser Erfolg bei allen Parteien sollte mißtrauisch machen. Die freche Frau, gleich welchen Alters, ist die »unweibliche«

Frau. Das ist den Frauen recht, die in ihrer Geschlechtsstereotypisierung das Korsett des Patriarchats erkennen: »Brave Mädchen kommen in den Himmel – andere überall hin« lautet die Devise. Den andern ersparen die frechen Mädchen die Konfrontation mit den bedrohlichen erwachsenen Frauen. Ist Frechheit nicht einfach schlechtes Benehmen, dann ist sie eine übermütige Anmaßung von Kindern und Jugendlichen, die noch nicht recht wissen, wer sie sind und was sie können. Die einen reden zu laut und nehmen den Mund zu voll, die andern laufen haarsträubende körperliche Risiken. Da ist Nachsicht angezeigt, denn jeder weiß ja, daß hinter dem phallischen Bravado von Heranwachsenden ebensoviel Unsicherheit und Mutlosigkeit stecken, die dann ein andermal zum Zug kommen müssen. Anders gesagt: Auf die freche und aufmüpfige Frau, die gutgelaunte Kämpferin, die furchtlos in jede Schlacht zieht, sollte man sich nicht verlassen. Wenn sie nicht über die robuste Konstitution einer Alice Schwarzer verfügt, wird die Fassade immer wieder zusammenbrechen und die Depression zum Vorschein kommen.

Ein anderes Bedenken kommt dazu. Sowenig wie man kluge Kreativität von Kindern verlangen kann, sowenig ist die freche Frau als der ewige Wildfang auf der Grenze zwischen Kind und Mädchen imstande, mehr als erfrischende Polemik und genußreiche Hakeleien und Klamauk (vorzugsweise im Fernsehen) zu liefern. Die Kanonisierung dieses Typus läßt vermuten, daß die Frauenbewegung zu ihrem Schaden die psychische Infantilität begünstigt hat. In ihrem Typenrepertoire hat weder die erwachsene noch die ironisch gebrochene Frau eine Chance, von wirklichen Persönlichkeiten ganz zu schweigen, die eine nach der andern ausgemendelt wurden oder selbst das Weite suchten, ermattet von gnadenloser Kritik. Es wurde nie bedacht, daß die neue Frauenbewegung die Gleichberechtigung voraussetzte und zahllose Frauen längst mehr riskierten als den Verlust ihrer Ketten ... Die seltenen Deutungen dieser Abläufe aus der Frauenbewegung selbst lauten natürlich anders.

Weniger zur Mythenbildung geeignet als der Tomatenwurf war ein gleichzeitiges Flugblatt. Von heute aus gesehen war prophetisch, was damals nur als freche Provokation gemeint war. Zur Parole und zum Text »Befreit die sozialistischen Eminenzen von ihren bürgerlichen Schwänzen« wurde in Frankfurt ein Flyer in Umlauf gebracht, der diesen Appell rein zeichnerisch schon in die Tat umgesetzt zeigte. Abgebildet waren nach Art von Jagdtrophäen sechs namentlich gekennzeichnete eminente Penisse (darunter auch einer mit Namen »Krahl«), unter denen eine nackte, nur mit Hut bekleidete Frau auf einem Bett lagerte – ihre rechte Hand hielt noch das Hackebeil. Vorbild des Flugblatts sei eine Zeichnung der Provos aus den Niederlanden gewesen, erinnerte sich im Gespräch eine Frankfurter Weiberrätin. Man habe die Männer schockieren und provozieren wollen – obwohl ihr das heute (1996, verheiratet, zwei Kinder) nicht mehr ganz nachvollziehbar sei. Schon 1984 habe sie sich dann vom Feminismus als einem »perfekten Wahnsystem« losgesagt und Neueinsteiger gewarnt. Wer schon damals Abstand gehalten hatte, ist beim Nachlesen ihres Florilegiums feministischer Philosopheme aus der gängigen Literatur heute erst recht schockiert.[6]

Wenn das Patriarchat auch als Sprache die Wirklichkeit konstruiert, dann haben Frauen nur die Möglichkeit, zwischen ihrer sprachlichen und physischen Vergewaltigung zu wählen. »Selbst wenn eine Frau eine stärkere Erwiderung zur Hand hätte, kann sie sie in den meisten Situationen nicht äußern, weil die körperliche Gewaltreaktion des Mannes oder der Männer zu erwarten ist, die ihre Überlegenheit wieder herstellen müssen«, behauptete eine Sprachwissenschaftlerin. »Die verbale Vergewaltigung von Frauen gelingt deshalb im Prinzip immer; im Wissen um die Möglichkeit der Gewaltanwendung können Männer beliebig aggressiv sein. Wir Frauen befinden uns immer in der Situation potentieller Vergewaltigung.«

Öfter wird auch die Frauenverfolgung mit der Judenverfolgung und Vernichtung im Dritten Reich verglichen oder sogar in eins gesetzt: »Kräfte und Energien der Hälfte der Menschheit werden eingeschränkt oder ganz abgetötet. Mädchen, die Künstlerinnen, Wissenschaftlerinnen, Komponistinnen, Nobelpreisträgerinnen werden könnten, müssen sich mit intellektuell und sozial geringen Berufen zufriedengeben, wenn sie überhaupt einen Beruf haben. Darin sehe ich die Parallele zur Judenverfolgung, die in Ausrottung endete: das Töten von Entwicklungsfähigem, das Abtöten von Kreativem, das Vernichten von Geistigem, die Ausrottung des Lebendigen in Millionen und Milliarden von Frauen heute und durch unsere ganze Geschichte hindurch.« Oder: »In einer Männergesellschaft ist die Darstellung von Frauen ideologische Waffe, ist sie Vorbereitung für ihre Behandlung. So wie im Dritten Reich der physischen Vernichtung von Millionen Juden eine Propaganda vorausging, die jüdische ›Untermenschen‹ zeigte, so geht der Ausbeutung und Schändung von Frauen in einer patriarchalischen Gesellschaft ihre Darstellung als Objekt voraus: das allzeit benutzbare, verfügbare, mißbrauchte Geschlecht.«

Mögen diese wenigen Beispiele genügen. Daß Weltanschauungen dieser Sorte argumentativ überhaupt nicht zu widerlegen sind und die Vernunft sich praktisch auf sie einzustellen hat, weiß man ja spätestens seit der historischen Erfahrung des Nationalsozialismus, aus der hier verwirrenderweise Evidenz bezogen werden soll. Verwunderlich bleibt, warum weder solche noch andere ideologische Amokläufereien es vermocht haben, aus dem kalten Krieg des Patriarchats einen heißen feministischen zu machen. Ist das Patriarchat zu schlau, sind Männer zu vernünftig oder halten sie Frauen nicht für satisfaktionsfähig? Aus dem Schweigen der Männer hat die Frauenbewegung den einzig falschen Schluß gezogen, daß der Feind, der sich nicht offen zeigt, der allergefährlichste ist und überall vermutet werden muß.

Weniger laut und provozierend als in den Anfängen, eher zäh und vergrämt pflegt eine neuere Kolumne in der Berliner Zeitschrift *Argument* unter der Überschrift »Notizen aus dem Patriarchat« das Feindbild, in dem sich niemand erkennen mochte. Ein Kommentar zum Rechtsstreit um die Frauenquote endet schon fast elegisch: »Geschlechtsspezifik ist eben kein Problem, mit dem Männer es zu tun haben, die in den Kommunikationsmedien Macht, Geld, Liebe definitionsmächtig sind. Frauen müssen darum werben, als Individuen und nicht als Geschlechtswesen wahrgenommen zu werden. Eine Quadratur des Kreises, da die Wahrnehmung von Frauen als Individuum erfahrungsgemäß allerhöchstens über eine in dieser Welt residual gewordene Kategorie verläuft, das dritte der zuvor genannten Medien.«[7] Im Klartext soll das wohl heißen, daß die Liebe ausstirbt und damit die immer noch einzige Chance der Frau schwindet, anerkannt zu werden, wenn auch bloß als zufällig individuiertes weibliches Geschlecht.

Sollte es so sein – was eher unwahrscheinlich ist –, dann hat die Frauenbewegung jedenfalls nach Kräften versucht, die heterosexuelle Liebe zu diskreditieren; man muß gar nicht an das politisch begründete und deshalb natürlich gescheiterte Bewegungslesbentum oder die rüden Reden von der Penetration wegen männlicher Schwanzfixierung denken, um hier eine Selbstblockade auszumachen, welche von Anfang an und bis heute das Nachdenken über die weibliche Existenz behindert. Als männerfixiert hat sich eine Bewegung erwiesen, die sich eigentlich um die in der Tat prekäre Lage der Frauen kümmern wollte. Mit der formalen Gleichberechtigung haben sich ihnen Aufgaben gestellt, die sie auf Dauer vergeblich durch Anklagen und Appelle an andere zu vermeiden suchen. Leute, die über die Kommunikationsmedien von Macht, Geld, Wahrheit usw. verfügen, mögen biologisch betrachtet Männer sein, als Funktionsträger in differenzierten Gesellschaften sind sie längst austauschbar, ihr Geschlecht irrelevant, ihre Individualität Schmuck und Zugabe. Das Erlebnis der Entdramatisierung alter Rollen in Gesellschaften, die ihren sozialen Reichtum aus der Prokreation neuer Menschen bezogen, steht Frauen immer noch bevor. Die Frauenbewegung hat bisher dafür gesorgt, daß diese Einsicht in die Länge gezogen und verhindert wird – daß zukunftsweisende Projektionen hier ausbleiben oder den Charakter sozialpädagogischer Phantasien über einen anständigen

Weltkindergarten nicht überschreiten, muß unter diesen Umständen nicht verwundern.

Das schon erwähnte Flugblatt, betreffend die sozialistischen Eminenzen mit ihren bürgerlichen Schwänzen, wurde buchstäblicher genommen, als es der Frankfurter Weiberrat vielleicht gemeint hatte. Einem der wenigen Versuche, die Anfänge der Frauenbewegung aus der Distanz der Jahre kritisch zu reflektieren, entnehme ich die folgenden Informationen.

In Berlin beschloß man, gegen die Erniedrigung von Frauen zu Sexobjekten in der Werbung vorzugehen. Ein Vorhaben, das seither immer wieder aufgelegt und inzwischen ja auch vom Papst befürwortet wird. »Als besonders frauenfeindlich empfanden wir die Miederindustrie«, schrieb Frigga Haug 1986 in ihrem Rückblick – Feministin der ersten Stunde und bis heute dabei.[8] »Gegen sie sollte eine öffentliche Büstenhalterverbrennung ein Zeichen setzen. Für uns selbst sahen wir Mao-Jacken als Einheitskleidung vor, um die Konkurrenz über Männerblicke auszuschalten. Die Idee schließlich, besonders unterdrückerische Ehemänner (von uns) gefesselt über den Kurfürstendamm zu führen, erschien uns zugleich reizvoll und doch auch wieder problematisch – schließlich mußte jede von uns gewärtigen, daß ihr eigener Mann an die Reihe käme –, daß die Frage, woher denn nun eigentlich die Unterdrückung der Frau käme, zur Forschungsaufgabe wurde, die einer angemessenen Strategie vorhergehen sollte.«

Unbeschadet der Forschungsergebnisse im einzelnen, kann man wohl behaupten, daß sie immer auf die Unterdrückung und Fremdbestimmung der Frauen durch die Männer hinauslief, nur unwesentlich eingeschränkt durch die These, daß es ihnen infamerweise auch geglückt sei, Frauen immer wieder zu Mittäterinnen zu machen. Die Würzung der Analysen durch marxistisch-ökonomische und soziologische Betrachtungsweisen wurde im Lauf der Jahre immer schwächer, so daß endlich auch linke und sozialistische Feministinnen da ankamen, wo die autonomen schon länger waren, beim Geschlechterantagonismus und beim politischen Separatismus im Zeichen des Patriarchats. Spät, aber nicht zu spät, entdeckten auch sie, daß ihre Kritik der geschlechtlichen Arbeitsteilung an der Oberfläche geblieben und sie die sexuelle Gewalt als systematisch eingesetzte Herrschafts- und Einschüchterungsstrategie nicht gebührend gewürdigt hatten. Heute ist die Obsession mit sittlich-moralischen Fragen, die schon in der bürgerlichen Frauenbewegung um 1900 verbreitet war, so allgemein geworden, daß Kritik an dieser Entwicklung kaum noch möglich ist.

Man könnte an viele verrückte Ideen und abstruse Projekte aus den Anfangsjahren gerührt, amüsiert und manchmal mit etwas Beschämung zurückdenken, wenn sie sich nicht als archaischer Zündstoff bis heute gehalten hätten. Die Frauenbewegung kann sich offenbar eine Geschichte nicht leisten, die über die harmonisierende Nacherzählung und die Chronik hinausreicht. Egal, wie alt Feminstinnen nun selbst geworden sind, blieben sie deshalb in den Kinderschuhen der Revolte von 1968 stecken. Warum sollen und sollten denn junge Frauen – und damals war die Berichterstatterin Frigga Haug so jung wie wir alle – keine »Sexobjekte« sein, deren Begehren auf das Begehren der »Männerblicke« gerichtet war? Ohne Büstenhalter übrigens viel prägnantere als mit, wie eine Szene in Verena Stefans Frauenbestseller *Häutungen* durchaus unfreiwillig bewies – wenn so etwas überhaupt bewiesen werden muß. Stefan empörte sich da über die Reaktion von Bauarbeitern auf ihren bloß von einem T-Shirt bedeckten, ungefesselten Busen. Natürlich kann man Männer, auch und gerade junge Männer – ihre individuelle Anpassungsbereitschaft steht im Dienst ihrer längerfristigen Interessen –, dazu zwingen, einen weiblichen Busen und alles, was sonst noch dazu gehört, zu ignorieren. Abgesehen von Phasen jüngferlicher Unsicherheit, die alle durchlaufen, wird man aber auf Dauer nur wenige Frauen finden, welche diese Blindheit auch richtig zu schätzen wissen. Mao-Jacken als Einheitskleidung hätten wohl auch kaum zur Nivellierung weiblicher Attraktivität im höheren Dienst der schwesterlichen Solidarität beigetragen; denn sonderbarerweise sind strenge Uniformen an Frauen immer sexy und andererseits hat der lila Schlabberlook der siebziger Jahre, der sich dann wirklich durchsetzte, die Ungerechtigkeiten der Natur ja eher hervorgehoben als zum Verschwinden gebracht.

Wie kommentiert Frigga Haug den Jugendpuritanismus von damals? Gar nicht, so daß offen bleibt, ob nur die Durchführung naiv oder die Idee schlecht war, Frauen als Sexobjekte aus dem Verkehr zu ziehen. Man müßte ja nur einen flüchtigen Blick auf das riesige Angebot von Frauenzeitschriften und ihre fast zeitlosen Themenschwerpunkte werfen, um zu erkennen, daß ästhetischer Puritanismus der falsche Hebel ist, um Frauen zu ihrer Freiheit zu befreien. Aber selbst solche Außenstehenden harmlos erscheinenden Korrekturen und Reflexionen unterbleiben, so daß man sich nicht mehr darüber verwundern muß, warum der sexuelle Puritanismus als ideologischer Kern nie kritisch bearbeitet werden konnte.

Wer vom Patriarchat spricht, hätte sich später allerdings doch einmal fragen müssen, ob das Projekt, unterdrückerische Beziehungspartner gefesselt über den Kurfürstendamm zu führen, nicht selbst sehr patriarchalisch war. Das Projekt wurde nicht verwirklicht, weil die Debatte darüber die Berliner Szene auf lange Jahre in die Spaltung von autonomen und sozialistischen Frauen führte. Es erinnert an den Pranger und das Haberfeldtreiben, an dörfliche Selbstjustiz, wenn nicht an Schlimmeres. Es fallen einem Bilder ein, die man nicht folkloristisch verklären kann, weil sie aus der jüngsten und modernen Vergangenheit stammen.

Aber Frauen als den potentiellen Juden der Männergeschichte ist wohl alles erlaubt. Zu solchen ideologischen Exzessen versteigt Haug sich in ihrem Geschichtsversuch zwar nicht; aber mittelbar rechtfertigt sie jeden in Weichzeichnermanier. Die Vorführung der bösen Männer auf dem Kurfürstendamm erschien »reizvoll«, aber auch »problematisch«. Letzteres, weil auch einmal der eigene Freund an die Reihe kommen könnte. Ja, was denn nun, fragt sich die Leserin 1986, wenn reizvoll, warum dann problematisch oder umgekehrt, wenn problematisch, warum dann reizvoll? Weil Haug hier keine Antwort gibt, muß man schließen, daß schon damals die Parole vom Privaten, das politisch ist, sich ad absurdum geführt hatte. Statt dessen liefert eine vage Idee vom Bürgerschreck die Absolution jedes Unsinns. »Die Frauenbewegung begann bewußt männerfeindlich. Der Bürgerschreck-Charakter, den dies für die patriarchalisch erstarrten Strukturen bis heute hat, verhalf ihr schnell zur Unterstützung durch die Medien.« Schon sonderbar, wenn nicht nur die Luhmannschen Medien Macht, Geld, Liebe usw., sondern buchstäblich die Presse, das Fernsehen von Männern kontrolliert werden, woran doch kein Zweifel besteht. Ob hier ein Fall von kommerzieller Vereinnahmung oder männlichem Masochismus vorliegt, kümmert Haug nicht. Man müßte dazu ja die Kapitalismuskritik ebenso wie die Patriarchatsvermutung umkrempeln. »Im Bürgerschreck war immer zugleich beides, Aufbruch und Ausbruch aus dem Gewohnten und Gefahr, sich zu isolieren. Da von Frauen Unauffälligkeit als Tugend erwartet wird, ist für sie die Form des Bürgerschrecks wohl ein notwendiger Schritt auf dem Weg ins Politische.« Wer wäre denn 1968 außer den eigenen Freunden, Ehemännern und Geliebten wirklich erschreckt worden? Die Kudamm-Vorführung des Patriarchats hätte das Berliner Publikum der damaligen Zeit, ob männlich oder weiblich, nur dazu gebracht, die Staatsmacht anzumahnen, endlich ihre Pflicht zu tun, und sich wieder einmal in der Ansicht bestätigt zu fühlen, daß die Studenten ein Rad ab haben. Andererseits ist unheimlich und aus der Sicht der Frauenbewegung erklärungsbedürftig, weshalb an den frühen Medienerfolg der politische anschloß. Das Ende der Frauenbewegung und ihre Überführung in die Administration wird von Haug als »allgegenwärtige Ortlosigkeit« und »erfolgreiche Niederlage« bezeichnet, ohne daß sie darüber nachdenkt, wie es zu dieser sonderbaren Klemme hat kommen können. Gemessen an den Forderungen, welche die Frauenbewegung gestellt und welche als Prämissen der Frauenpolitik bis heute zugrunde liegen, war die Erfolgsbilanz, die Haug 1986 aufstellte, mager und müßte zehn Jahre später noch dürftiger ausfallen. »Erfolgreich war die Bewegung u. a., weil der Staat sich der Frauenfrage annahm, annehmen mußte: rechtlich, finanziell und symbolisch. Damit meine ich zum Beispiel Sprachregelungen wie die langsam sich durchsetzende zweigeschlechtliche Ausschreibung von Arbeitsplätzen; die Namensfrage bei Heiraten; die Einrichtung von Modellversuchen für Frauen in Männerberufen; Frauenhäuser und ihre – wenn auch stets umstrittene – Finanzierung; die Abschaffung des Paragraphen, der die Berufstätigkeit der Frau von der Einwilligung des Ehemanns abhängig machte; die Einrichtung von Frauenleitstellen usw.«

Die Frauen sind verschwunden – so könnte man plausibler bilanzieren –, die Frauenfrage wurde dem Staat überantwortet, der sie nach Maßgabe seiner Handlungs- und Finanzierungsmöglichkeiten im wesentlichen als Sozialpolitik bearbeitet. So vernünftig einzelne Maßnahmen der Korrektur und Nachhilfe sein mögen, dem unglücklichen Bewußtsein der Frauen, deren Ausdruck die lange Revolte gewesen ist, ist mit solchen Methoden aber langfristig nicht aufzuhelfen. Die Verstaatlichung der Frauenfrage hat darüber hinaus ihre Überführung in einen ideologischen Fundamentalismus begünstigt, dem jede einzelne Debatte als Angriff und Verrat erscheint. In ihrem *Vorläufigen Abgesang auf die Frauenbewegung* behauptet Cora Stephan 1993 sogar: »Die angeblich alle Frauen umfassende und vertretende Frauenbewegung hat, den Grünen vergleichbar, nur ihren Funktionärinnen nennenswert genützt. Die Institution der Frauenbeauftragten hat die Frauenberufe um einen vermehrt, Politikerinnen sind, egal, was sie sonst noch zu sagen haben, schon qua Geschlecht mit einem Fortschrittslabel ausgezeichnet. Frauenlehrstühle dienen nicht der Förderung eines breiten Spektrums weiblicher Lehrender an der männlichen Bastion der Universität, sondern selbsternannten Frauenforscherinnen mit manchmal ausgesucht alltagsfernen Thesen. Die sprachliche Berücksichtigung von Frauen auch dort, wo sie noch immer gar nicht oder nur wenig in Erscheinung treten, verschafft immerhin Linguistinnen Lohn und Brot beim Durchforsten von Verwaltungsvorschriften.«[9]

Die Beispiele ließen sich endlos vermehren bis hin zu jenen Institutionen, die sich heute noch als »autonom« bezeichnen, obwohl sie seit Jahren von öffentlichen Geldern abhängen. Forschungen, die exzentrische Wirklichkeitskonstruktionen untermauern und popularisieren, werden heute von Ministerien in Auftrag gegeben und finanziert. Früher als konservativ eingestufte Parteien haben sich der Frauenfrage angenommen, als gäbe es zumindest im Hinblick auf ihre Belange überhaupt keine Parteien mehr, nur die Parteilichkeit für die gute Sache als solche. Angesichts solcher Entwicklungen greift Stephans kritische Verabschiedung der Illusionen der Frauenbewegung ebensowenig wie die Schönfärberei von Haug. Die zwei wichtigsten lauten bei Stephan: Die Frauenbewegung habe ein Kollektiv zu konstituieren versucht, das es hinsichtlich der verschiedenen Interessenlagen von konkreten Frauen nicht gibt; und zum anderen habe sich das feministische Erlösungsversprechen an die Gesellschaft insgesamt diskreditiert, weil Frauen weder als biologisches noch als kulturelles Geschlecht den Männern irgend etwas voraus haben, das sie als Erlöserinnen qualifizieren könnte. Desillusionierung mag eine Vorbedingung sein, Einsichten sehen anders aus. Die nächste Illusion ist schon gebildet, auch wenn sie diesmal als pessimistische Diagnose ohne erkennbare Therapie auftritt. Ist es nicht mehr die Männerwelt, welche die Frauen zur Verbesserung nötig braucht, so wird nun der Glaube gepflegt, die Gesellschaft insgesamt desintegriere sich rapide, weil die soziale Einbindung der Individuen in Familie, Nachbarschaft, soziokulturelle Milieus usw. abnimmt. Aus dem drohenden sozialen Nichts erheben sich die Gespenster von Rechtsradikalismus, Fremdenhaß als letzte Möglichkeit einer Pseudovergesellschaftung im Bösen. Die Jugend ist ihr bevorzugter Symptomträger.

Niemand bemerkt, daß solche Warnungen und Prophezeiungen den langen Prozeß der Frauenemanzipation bis in die jüngste Zeit begleitet haben. Allerdings waren es Reaktionäre und Konservative, welche der berufstätigen Mutter nicht trauten und den sozialen und nationalen Zusammenhalt von weiblicher Selbstbestimmung (wie jeder anderen) bedroht sahen. Will man ihnen jetzt nicht kleinlaut geworden beipflichten, müßte man über das Neue auch neu denken und der Versuchung widerstehen, es regressiv als Melodram zu bearbeiten. Die Desintegration ist ein solches Melodram, und wenn die Frauen sie auch nicht mitverschuldet haben, wie Konservative vermuten, so hat doch die Frauenbewegung aufgrund ihrer Selbstmißverständnisse am Plot fleißig mitgeschrieben. »Wenn es um die Frage geht«, beschließt Cora Stephan ihren vorläufigen Abgesang, »wie sich diese Gesellschaft künftig neu zusammenknüpfen könnte, wäre sie vielleicht doch ganz hilfreich, die früher so wildwuchernde Phantasie der Frauenbewegung.«

Davon hatte man und hat noch reichlich. Der Zufall wollte es, daß auf ebendieser Seite der Berliner *Tageszeitung*, die mich an Sigrid Rüger und den Tomatenwurf erinnerte, ein Beispiel wildwuchernder Phantasie zu studieren war. Unter vier dicken Punkten und ebensolchen Balkenkreuzen las ich die Namen von »Jens, vier Jahre, Anna, sieben Jahre, Nicole, zwei Jahre, Nadine, neun Jahre«. Darunter der Text: »Sexueller Mißbrauch von Kindern ist Mord an Kinderseelen. Helfen Sie uns gegen Kindesmißbrauch und Kinderpornographie.« Es folgte die Nummer des Spendenkontos eines Hamburger Vereins »Dunkelziffer e. V. – Hilfe für mißbrauchte Kinder«. Was Mitte der achtziger Jahre in der Frauenbewegung begonnen hatte, ist inzwischen in allen protestantisch-calvinistisch geprägten westlichen Gesellschaften, nicht nur bei uns, zur Mode geworden. Wie jeder aufmerksame Zeitungsleser leicht selbst überprüfen kann, ist es geglückt, einer eher exzentrischen Vorstellung von epidemischer, gleichwohl unsichtbarer sexueller Gewalt zu gesellschaftlicher Akzeptanz zu verhelfen. Da äußere Gründe, wie bestürzende Enthüllungen über organisierte Sexringe und andere Verschwörungen, plötzlich offenbare Opferzahlen und ein enormes Anzeigenvolumen dafür nicht ursächlich sein können, kann man wohl mit Wilhelm Reich von einem »Einbruch der Sexualmoral« sprechen.[10] Mußte die vorausgegangene Denunziation der sexuellen Gewalt gegen Frauen durch die Frauenbewegung seit den späten siebziger Jahren den Realitäten angepaßt werden – übriggeblieben ist die »Vergewaltigung in der Ehe« und die diffuse »sexuelle Belästigung am Arbeitsplatz« –, konnte Alice Schwarzers Antiporno-Kampagne die liberalisierten Gesetze nicht mehr rückgängig machen, so ist die Totalisierung des Verdachts mit Kindern als Opfern geglückt. Während sonst jedwede Ausdrucksform menschlicher Sexualität gebilligt, in öffentlichen Debatten normalisiert und nicht selten als subversiv idealisiert wird – zu den schwulen Männern und lesbischen Frauen sind die Bisexuellen, Transsexuellen, Transvestiten und S/M-Praktiker gekommen –, erscheint die sexuelle Selbstbestimmung des Kindes heute allein unter dem Gesichtspunkt seiner Gefährdung, primär in jenen intimen Beziehungen und vier Wänden, die sich öffentlicher Kontrolle und präventiver Einsicht immer noch entzogen haben. Einige Einbrüche des Politischen ins Privatleben der Bürger sind aber schon durchgesetzt und mit dem höheren Interesse am Kinderschutz begründet worden. Bekanntlich stellt ein neues Gesetz schon den Besitz, nicht mehr bloß die Herstellung und den Vertrieb von »Kinderpornographie« unter Strafe. Dabei ließ man sich von der Vermutung leiten, daß die Kriminalisierung des Konsumenten der beste Weg sei, Markt und Produktion auszutrocknen. Das ist aber weniger wahrscheinlich als die fallweise Verfolgung sonstwie mißliebiger Personen mit den altbekannten Methoden sexueller Denunziation.[11] Im Eifer gegen die Kinderpornographie könnte man aber auch den Sieg des feministischen Kurzschlusses erkennen, Pornographie sei die Theorie, Vergewaltigung die Praxis. Die Säuberung unserer Vorstellungs- und Bildwelten wäre dann ein notwendiger Schritt, um den sexuellen Mißbrauch von Heranwachsenden abzustellen. Kinderschänder und die Gruppe der als pädophil bezeichneten, umfassend dämonisierten Menschen müssen das Böse verkörpern, auch das Unheimliche, das der Sexualität als solcher im Zeichen verharmlosender Selbstverwirklichung und feministischer Partnerschaftsideologie ausgetrieben werden sollte.[12]

Ist die Diagnose einer Sexualparanoia, die von den feministischen Rändern in die Mitte gewandert ist und längst die Politik, nicht nur auf kommunaler, auch auf höherer, ja auf Bundesebene erfaßt hat – wie die gewissenhafte Verfolgung sogenannter Sextouristen in fremde Länder beweist –, aber nicht dennoch eine Übertreibung? Daß der Hamburger Verein ausgerechnet die notorisch dunkle Dunkelziffer als Namen gewählt hat, scheint mir, im Sinn einer Freudschen Fehlleistung, für meinen Realismus zu sprechen. Wer auf die Dunkelziffer baut, verrät auch, daß hier vorauseilendes Engagement noch auf der Suche nach seinem Anlaß ist. Geld ist zwar so knapp wie lange nicht mehr, aber Problemlösungskapazitäten ohne Problem sind im Überfluß vorhanden. Das zeigt jeder Blick auf den Arbeitsmarkt, gerade auch auf den für soziale und therapeutische Berufe. Fehlende Inanspruchnahme von Juristen, Medizinern, Psychologen und Pädagogen auf der einen, Opfer, die sich nicht einfinden wollen, auf der andern Seite – das ist der soziale Untergrund für ideologische Entwicklungen aller Art, zu denen die Frauenbewegung ihr Gutteil beiträgt. Wissenschaft, Berufsethik, Professionalität haben sich bisher als wenig effizient bei ihrer Eindämmung erwiesen.

Wenn die in der Dunkelziffer versteckten Opfer schweigen – jahrelange Aufklärungsbemühungen und stete Medienberieselung haben nicht vermocht, das Dunkelfeld auch nur um Zentimeter weiter zu erhellen als vorher –, dann müssen ihre Fürsprecher um so lauter werden. Wenn sie nicht kommen, geht man zu ihnen und verbreitet die Paranoia unter der menschenfreundlichen Überschrift von Prävention und Prophylaxe, möglichst bei Kindern im Grundschulalter, die noch nicht einmal in den Genuß elementarer Sexualaufklärung gekommen sind. Noch unverdächtiger werden überschüssige Kapazitäten im Fort- und Weiterbildungssektor untergebracht, wo dann alle im Namen der Dunkelziffer lernen können, den Verdacht gegen andere, aber auch sich selbst zuzulassen. Was die zwischen Feier und Denunziation schillernde Parole vom Privaten, das politisch ist, noch unentschieden läßt, wird in der Paranoia zugunsten der Feier entschieden. Beim Lesen einschlägiger Traktate, aber auch von Handreichungen der Kriminalpolizei, gewinnt man den Eindruck, daß die Zeit nicht mehr fern ist, wo jeder vor sich und anderen darüber Rechenschaft ablegen muß, daß er selbst nicht sexuell mißbraucht wurde und seines Wissens, gar mit Absicht, auch niemanden mißbraucht hat. Aber wer wird das, was früher als Normalfall vorausgesetzt wurde, noch mit Sicherheit behaupten können? Je mehr Leute sich der sexuellen Mißhandlung angenommen haben, desto ausufernder die Vorstellungen über ihren Inhalt und ihre Konsequenzen für die Opfer. Auf ihre Erinnerung ist kein Verlaß, weil angeblich gerade die jahrelang schwerstens Traumatisierten das Trauma vergessen, abgespalten und verdrängt haben.

Der Prüfung und Selbstprüfung enthoben wären eigentlich bloß die Frauen. Einesteils treten sie so gut wie nie als Täter in Erscheinung; andernteils steht ihr Opferstatus ohnehin fest. Denn wie kürzlich in der Festschrift einer Pionierorganisation wieder einmal zu lesen war, sind ausnahmslos alle Frauen von Gewalt betroffen, als Frauen, mithin von sexueller Gewalt, die sich gegen ihr Geschlecht richtet.

Wo die Paranoia jeweils akut wird, welche Kinder als Opfer, welche Personen als Täter verdächtigt werden, ist nie vorherzusehen. Da ist jeder gut beraten, sich der Verfolgung und nicht der Aufklärung anzunehmen. Jede Gesellschaft hat mit dem Wahn zu kämpfen, der allzugut zu ihr paßt, weil seine Elemente von den guten Absichten schwer zu unterscheiden sind, die moralische und verantwortungsbewußte Menschen auch sonst bewegen. Deshalb ist die Hoffnung, daß historisch gut aufbereitete Wahnsysteme als mahnendes Beispiel Gutes tun, sehr schwach.[13] Es wäre falsch, der Frauenbewegung im ganzen, gar einzelnen Gruppen oder Personen, die Schuld am Backlash in der Sexualpolitik zu geben, die uns nun nicht mehr vor teuflischer Ausschweifung, Unzucht und Rassenvergiftung, sondern vor dem Seelenmord an Kindern bewahren will.

Bestreiten läßt sich aber nicht, daß sie das Tor in eine Zukunft voller allzu bekannter Verfolgungsszenarien aufgestoßen und Selbstkritik nie geübt hat, vielleicht in der richtigen Ahnung, daß von unserem Feminismus ohne die Obsession mit der Sexualität nur wenig übrigbliebe, womit immer wieder Loyalität erzeugt, öffentliche Aufmerksamkeit, politischer Einfluß und natürlich Geld gewonnen werden kann.

Seit dem Tomatenwurf von 1968 tritt die Frauenbewegung oder das, was von ihr geblieben ist, mit Anklagen und Forderungen in Erscheinung. Auch diese selbst sind im Kern dieselben geblieben. Die Rolle der Beschwerdeführerin in gerechter Sache ist frisch wie am ersten Tag und wird daher auch ausgefüllt, als wäre sie keine und als hätte man zwischendurch nie Gelegenheit gehabt, als verantwortlich Handelnde die Unschuld zu verlieren. Das geht aber – wie die Mißbrauchsdebatte in ihren realen Konsequenzen beweist – an der Wirklichkeit längst vorbei. Daß Frauen sich weder real noch theoretisch in der Opferrolle einrichten sollen, ist in der Bewegung zwar oft verlangt worden. Es wurde darüber gestritten, ob man Frauen eine Mitschuld oder Mittäterschaft an den Verbrechen des Nationalsozialismus zusprechen müßte. Nur einzelne mochten sich dazu entschließen, weil sie wie die Frankfurter Soziologin Karin Walser über ein klares Konzept von weiblicher Macht unter den Bedingungen des Patriarchats verfügten.[14] Die Ablehnung der Opferrolle war weniger eine Folge vertiefter Einsichten als eine Unlustreaktion. Das unglückliche Bewußtsein der Frauen wäre durch ihre Zumutung empfindlichst berührt und ein kleines Stück sichtbar geworden. So blieb es dabei, daß Opfer, als Vorzeigeopfer, immer andere Frauen waren und man selbst nur als tapferes, ehemaliges auftreten durfte. Darüber hinaus erhielt sich der Opferdiskurs aber im Verfahren, immer neue Opfer zu entdecken, welche die geräumten Plätze der ehemaligen einnehmen konnten. So lernen Frauen heute, daß Kinder und Behinderte, weiße Frauen, daß farbige, deutsche Frauen, daß türkische, europäische, daß indische usw. usf. noch auf der Warteliste eines wohlverstandenen Feminismus stehen.

Mir scheint, daß eine gesellschaftsübergreifende, weltweit applizierte Betroffenheit ein Zeichen von Ohnmacht ist, auch von Unreife zeugt, vergleichbar dem moralischen Rigorismus mancher Adoleszenter.

Wie sehr die Frauenbewegung Jugendrevolte geblieben ist, kein Wissen gesammelt, keine Tradition gebildet hat, in der sich Frauen politisch, praktisch und denkend bewegen können, bewies mir jene am Anfang genannte Veranstaltung der Berliner FrauenfrAktion. Nach so vielen Jahren mutete die Frische nun wirklich bedenklich an, mit der sie sich in die Rolle der Beschwerdeführerin und, schlimmer noch, der potentiellen Zensorin unangenehmer Tatsächlichkeiten fand. Wie man da hörte, fanden einige vorbereitende Treffen reges Interesse bei Frauen und feministischen Journalistinnen. Es hätte um die Frage gehen können, welchen Eindruck der Feminismus und die Frauenbewegung auf die Tagespublizistik gemacht hat. Schon die Einladung an die ChefredakteurInnen der linken und liberalen Berliner Zeitungen schränkte diese Frage allerdings im Sinn bloßer moralisch-politischer Korrektheit ein. Ich war gespannt, ob wenigstens die Vorstellungen der beteiligten Frauen über Antisexismus, Antirassismus und soziale Ethik (dies eine feministische Novität) inzwischen so gut abgeklärt sind, daß ein williger Zensor damit auch arbeiten kann. In Hollywood zum Beispiel wußte jeder, daß ein weiblicher Busen in Großaufnahme wohl auf der Leinwand erscheinen durfte, wie riesig er auch war –, die Brustwarzen mußten tabu bleiben. Oder man erinnere sich an die Kußregeln, die jede Leidenschaft im Interesse von Jugendschutz, Familienwerten und öffentlicher Ordnung wenigstens optisch keimfrei zu halten wußten. No French kissing! Jeder Kinogeher seit den fünfziger Jahren hat sie tausendfach gesehen und bei sich dechiffriert, jene atemberaubenden Dreh-, eher Wegdrehübungen routinierter Stars, die sich endlich in der großen Drehbuchliebe und im Kuß – der Beischlaf kam viel später – finden durften. Da wußten die Sittenrichter im 20. Jahrhundert so gut wie die politischen im 18. und 19., was sie zu tun hatten – selbst wenn ihre Überzeugungen ganz andere und liberale waren. An ein neues Regelwerk scheint man heute aber nicht zu denken, vielleicht, weil heute jeder und vor allem jede Frau so sensibilisiert ist, daß sie Sexismus erkennt, wenn Sexismus vorliegt. Das funktioniert dann in der Praxis so: Wenn ich mich, meine Weltsicht und meine Wünsche im Verhältnis 1:1 wiedererkenne und reproduziert finde, ist alles mit rechten Dingen zugegangen; muß ich mich ärgern, liegt ein Fall von Sexismus vor. Decollagierte und schriftlich kommentierte Plakate in jeder Stadtlandschaft beweisen, daß für manche bereits ein nackter weiblicher Busen sexistisch ist oder ein Model in Spitzenunterwäsche. Sonderbar ist es ja, aber bei dieser Form der wilden Kritik wohl nicht zu vermeiden, daß die intendierte Denunziation des männlichen Sexismus als Abriß und Zerstörung dann den weiblichen Körper erreicht.

Eröffnet wurde die gut besuchte Veranstaltung von einer Frau, welche die Ergebnisse ihrer einschlägigen Doktorarbeit vorstellte.[15] Sie hatte herausgefunden, daß auf den wichtigen, der großen Politik vorbehaltenen Seiten verschiedener Tageszeitungen auf hunderte von Männernamen nur etwa fünfzig von Frauen kamen. Den Einwand, daß eben Männer genau in diesem Umfang in der Politik überrepräsentiert seien, so sehr man das bedaure und darin Handlungsbedarf für die Zukunft sehe, ließ sie nicht gelten. Auch zu den Zeiten einer rot-grünen Koalition in West-Berlin 1989 mit einem hohen Anteil weiblicher Senatoren, seien diese rein prozentual in den Medien schlecht weggekommen. Mit einer Ausnahme: Die grüne Frauensenatorin habe viel Publizität gehabt, aber leider und natürlich typisch aus den falschen Gründen. Die Presse habe sich vor allem für ihre Rolle bei einer dubiosen Kettenbriefaktion in der Vergangenheit interessiert, nicht für ihre politischen Vorhaben. Weitere Beispiele für die empörend personalisierende, eben sexistische Berichterstattung wurden so arglos angeführt, als wären wir über die Gewichtsprobleme des Bundeskanzlers oder die Ehescheidungen des SPD-Vorsitzenden nicht genauso informiert. Zur Voraussetzung hatte diese Darbietung aus der Welt der Frauenforschung nichts als eine wasserfeste Selbstgerechtigkeit, die sich zu Unrecht für Analyse von Frauen für Frauen hält.

Zum Skandal, daß Frauen zu wenig in den Zeitungen präsent und zudem tendenziell auch noch falsch präsentiert würden, kam der zweite, daß immer noch viel zu wenige dort arbeiten und also den jederzeit relevanten Frauenstandpunkt nicht einbringen können. Obwohl man zur Behebung dieses Mißstands langfristig auf die Quote setzen wollte, mahnte Halina Bendkowski von der FrauenfrAktion schon eine nächste Stufe an. Die Erfahrungen mit der schon lange halbwegs quotierten *Tageszeitung* lehrten doch, daß die Quote allein noch nicht auf den Königsweg eines antisexistischen etc. Zeitungswesens führe. Allzuoft passiert es nämlich, daß die falschen Frauen quotiert werden. Den erschienenen ChefredakteurInnen legte man nahe, bei der Einstellung gleich befähigter Mitarbeiter nicht nur das Geschlecht, das weibliche, zu privilegieren, sondern sich auch in jedem Fall zu vergewissern, daß die Frau, die es besitzt, auch die richtige feministische Extraqualifikation mitbringt. Ja, wenn man erst einmal angefangen hat, Unterscheidungen mit monopolistischen Ansprüchen zu verlöten – nur Frauen können und dürfen über Frauen reden und schreiben –, dann endet man schnell da, wo die Zensur anfängt. Eine Welt, die in Männer und Frauen zerfällt, zerfällt bald in Frauen und richtige Frauen – auch wenn die richtige Frau heute natürlich ganz anders aussieht als jene, die höheren Jahrgängen noch vom Patriarchat angedient wurde.

Die brav zum Tribunal erschienenen Zeitungsleute – unter lauter Männern eine Frau – bewiesen so viel Verständnis und Sympathie für alle Beschwerden und Anliegen der Frauen; appellierten dann aber auch ihrerseits an unser Mitleid wegen der prekären finanziellen Situation ihrer Blätter (die betuchteren und konservativen hatte man gar nicht geladen), daß ich anfing mich zu langweilen. Herzhafte Versuche von Georgia Tornow, ihre Erfahrungen in der Frauenbewegung und in den Chefredaktionen zweier Tageszeitungen vorzustellen und den

Pragmatismus zu erläutern, dem sie heute anhängt, fanden in der Versammlung kein Echo. Nach anderthalb Stunden ging ich. Die andern blieben. Ob aus Interesse oder Gewohnheit, weil man sich kannte und gern beisammensaß, ob für manchen Feminismus eine Freizeitbetätigung oder auch eine Berufspflicht war – keine Ahnung.

3
Glauben Frauen, daß es Frauen gibt?

Als alles anfing, hatte keine daran Zweifel. Die Frauen im SDS, die sich von den Genossen separierten, und die andern, die sich ihnen anschlossen, verfolgten ja zuerst das Ziel, sich als Frauen wieder sichtbar zu machen. Mit ihrem Auszug aus der heuchlerisch ungeschlechtlich aufgefaßten Linken, des weiteren aus der Gesellschaft der formal-rechtlich gleichberechtigten Bürger, wollten sie Gleichheit als eine Fiktion entlarven und deren männliche Nutznießer desavouieren. Vorschnell als Individuen ohne Geschlecht vergesellschaftet, mußten sich Frauen nun organisieren, wenn sie ihre fortdauernde strukturelle Benachteiligung nicht weiter mit hoffnungslosen privaten Anpassungsleistungen kompensieren wollten. In den Selbsterfahrungsgruppen artikulierte sich der Frust jeder einzelnen, die sich von Beruf, Studium, Kindererziehung, weiblichen Rollenerwartungen hinsichtlich des Erfolgs in heterosexuellen Beziehungen und vielem anderen mehr völlig überfordert fühlte. Wer bisher die Fehler und Schwächen bei sich selbst gesucht hatte, erfuhr, daß es anderen genauso schlechtging. Die Frauenbewegung unternahm es, die Selbstzweifel und die Selbstkritik der einzelnen zu sozialisieren und nach dem baldigen Ende der Selbsterfahrungsgruppen in großen Projektionen aufzufangen. Das ist ihr fast allzu gut gelungen. Wenn heute, wo auch immer und gleich bei welchem Anlaß, Experten versammelt sind, bedarf es nur einer Stimme, die auf das Fehlen der Frauen hinweist, damit ein Echo entsteht und die Beteiligten zu weitläufigen Erklärungen und Entschuldigungen ausholen. Waren wir früher geübt im Neutralisieren von Personen als Trägern einer Funktion, so haben wir heute gelernt, sie zu sexualisieren. Bei Männern, die ja immer noch eher den Normalfall darstellen, geschieht das eher pauschal unter Absehung von ihrer spezifischen Männlichkeit, bei den selteneren Frauen wird die Weiblichkeit beachtet und gewertet. Ob das in die Zukunft weist oder, wie oft behauptet, ein weiterer Versuch ist, Frauen mit allen Mitteln das öffentliche Leben schwerzumachen, ist unklar. Wer Frauen vermißt und überall die ungleiche Machtverteilung zwischen den Geschlechtern moniert, braucht aber jedenfalls Frauen, deren Erscheinen nicht sofort wieder mit ihrem Verschwinden verknüpft wird. Die Frauenbewegung hat die Frage nach der Bedeutung des Geschlechts bisher politisch-strategisch und opportunistisch entschieden und darüber hinaus aufschlußreiche Utopien und Phantasien entwickelt, die, wie kompliziert sie auch immer formuliert sein mögen, die Frage mit zwei Antworten versehen. Die erste reagiert auf die falsche und ungerechte Neutralisierung von Personen mit einer Rekonstruktion archaischer Weiblichkeit. Die zweite, heute einflußreichere, will das Geschlecht als eine Konstruktion entlarven, die auf der Basis minimaler, außerdem beliebig reversibler biologischer Differenzen individuellen Körpern wie ein Korsett aufgezwungen wird. Man begann in den siebziger Jahren mit der Dekonstruktion des »anderen«, nämlich des weiblichen Geschlechts und setzt sie heute fort mit der Kritik der Kategorie als solcher. Auch Männlichkeit sei ein Korsett, dessen man sich entledigen kann und muß. Die Dekonstruktion des Geschlechts schenkt den Individuen aber nicht nur ihre Körper und ihre Lüste wieder, wie Foucault einmal orakelte; sie ermöglicht auch eine Kritik an Herrschaft als solcher. Ausgehend von der Frauen- und Geschlechterfrage sollen im Konzept der »Dominanzkultur« alle großen und kleinen Widrigkeiten der Gegenwart erklärbar und nach dem Ende der großen Erzählungen neu gerahmt werden. Umweltzerstörung,

Gewaltbereitschaft, Rechtsradikalismus, Rassismus, Behindertenfeindlichkeit – die Liste kann beliebig verlängert werden – sind die Folgen eines unserer Kultur (von Kapitalismus spricht man seltener) offenbar inhärenten Mechanismus identifizierender Diskriminierung. Als moralisches Geschlecht sind Frauen immer noch nicht imstande, für sich zu sprechen, ohne über kurz oder lang die Welt zu retten.

Verglichen damit ist der Versuch, archaische Weiblichkeit unter den Bedingungen der Moderne neu zur Geltung zu bringen, von rührender Naivität. Seit Jahren befaßt sich ein Berliner Selbsthilfeprojekt mit den Themen Eisprung, Menstruation, Menopause, Beckenboden und Bauchtanz. Es hat sich den Namen »Dreizehnter Mond« gegeben.[1]

»Vieles im Leben einer Frau kreist um ihren Zyklus, um ihre Mitte – Eisprung, Verhütung und Kinderwunsch auf der einen Seite; Rückzug auf sich selbst, die Blutung auf der anderen Seite. Von hier kommt unsere gebärende, kreative Kraft. Wir brauchen sie für den Beruf ebenso wie für die tatsächliche Geburt. Von hier messen wir die Zeit. Früher, als der Mond die Länge des Monats bestimmte, gab es Jahre mit 13 Monaten – dem Zyklus der Frauen gemäß.« In den Veranstaltungen werden die Frauen angeleitet, ihre Körperwahrnehmung zu trainieren und biologische Abläufe, die sie bisher als störend oder gestört erlebt haben, positiv zu besetzen und notfalls mit rituell anmutenden Übungen besser zu regulieren. Es ist eine Absage an die »Krankheit Frau« (Esther Fischer-Homberger) als Arbeitsfeld der medizinischen Frauenheilkunde und gleichzeitig der Versuch, die Frau auf der Grundlage ihrer Biologie neu zu erfinden. Das Neue kommt allerdings in archaischem Gewand daher, tarnt sich als Rückbesinnung und Rückgriff auf verdrängte Traditionen und reaktionäre Begriffe: »Labyrinthische Spiele. Seit einigen Jahren machen wir Yogaübungen und Bauchtanz zu Menstruation und Eisprung. Wir haben viel Spaß dabei und erfahren unser Becken und unseren Körper ganz neu. Die Durchblutung wird angeregt, die Menstruationsschmerzen legen sich. Rückenschmerzen und Krämpfe in Schultern und Nacken lösen sich auf. Seit 1990 inszenieren wir die Labyrinthischen Spiele auf dem Muster der alten Labyrinthformen, um mit Musik, Tanz, Magie und Spiritualität, aber auch mit Rollenspiel und Psychodrama die eigenen Körper- und Schicksalserfahrungen zu leben. In sieben Stufen steigen wir in das Innere hinab, um danach wieder hinaufzusteigen und einen neuen Anfang zu machen.«

Hat sich die Kritik an der sogenannten Schulmedizin auch bei vielen Medizinern durchgesetzt und zur Wiederbelebung »ganzheitlicher« und naturheilkundlicher Therapieansätze geführt, so dürfte doch der Kreis selbst der frauenbewegten Frauen sehr klein sein, welche im »Dreizehnten Mond« ihr Frausein mit dem Unterleib neu begründen wollen. Sobald man das Terrain der Medizinkritik und ihres Gegenbilds, der natürlichen Gesundheitsförderung, verläßt und auf die Biologie der Geschlechter zu sprechen kommt, regt sich überall der Widerstand. Sofort wird man auf die historisch leicht zu belegenden Zusammenhänge von Misogynie und Unterdrückung mit der Diskriminierung des weiblichen Körpers hingewiesen. Seit Aristoteles wurde seine Andersartigkeit übertrieben, seine Besonderheit den Frauen zum Bösen ausgelegt. Physisch auf den Uterus reduziert, lastete auf dieser und keiner anderen Grundlage bis ins 20. Jahrhundert hinein ein gewaltiger Überbau von philosophischen, politischen und psychologischen Rationalisierungen, allesamt nur dazu tauglich, die Frauen als Menschen zweiter Klasse einzuordnen. Auch die bürgerliche Revision der Geschlechterhierarchie zugunsten einer Geschlechterpolarität stützte sich, wenn auch verschleiert, noch auf die Herrschaft der Biologie. Die Pole von männlich und weiblich waren aufeinander bezogen, aber nicht mehr gewichtet. Die Familie gab der natürlichen Arbeitsteilung der Geschlechter Ausdruck: Dem Mann den Beruf, die Arbeitswelt und die Öffentlichkeit, der Frau das Haus, die Kinder und die Erziehung. Abgesehen davon, daß diese Regulierung der Geschlechterdifferenz allzuoft an der Realität scheiterte – etwa weil der Vater als Ernährer ausfiel, weil er starb oder weil

Frauen nicht heiraten wollten oder konnten –, so reduzierte auch dieses Modell die Frauen auf den Bereich der unmittelbaren Reproduktion, verklärt im Kult der Mutter und der Mütterlichkeit.

So gesehen, ist es nicht verwunderlich, wenn in einem »Frauenhandlexikon – Stichworte zur Selbstbestimmung« das Stichwort »Mutter« fehlt und »Mutterschaft« einesteils als eine stehengebliebene Konvention der schweigenden, noch unaufgeklärten Mehrheit, andernteils als eine soziale Funktion begriffen wird, die Männer in Zukunft ebenso wie Frauen ausfüllen werden müssen und können.[2] Beleuchtet wird auch das Verhältnis von »Müttern und Töchtern« hinsichtlich der besonderen Schwierigkeiten der Mütter, die richtige Balance zwischen individualisierender Anerkennung und sichernder Zuwendung zu finden – Schwierigkeiten, die Mütter von Jungen offenbar nicht haben oder deren Bearbeitung nicht im wohlverstandenen Interesse frauenbewegter Frauen liegt. Ein weiteres Stichwort beschäftigt sich mit »Mütterzentren«, wiederum durchaus mutterkritisch im impliziten Bezug auf die alte Mutterideologie, die Frauen an Haus und Kinder fesselte. Die als gesellschaftliche Isolation interpretierte alte Arbeitsteilung der Geschlechter wollen die »Mütterzentren« durchbrechen und Frauen nebenher auf die Rückkehr ins eigentliche Leben, die Arbeitswelt, vorbereiten.

So vernünftig das Konzept klingt und in der Praxis auch funktionieren mag, so deutlich ist der affektive, mutterkritische Überschuß, der es mitträgt. Als realer Überrest einer verhaßten Geschlechterideologie ist die Mutter an sich eine gefährliche und verführerische Gestalt und wird, um eigenen Rückfällen vorzubeugen, im Grunde am besten mit Schweigen übergangen, wenn sie nicht als hilfsbedürftiges Opfer bedacht werden kann. Wird das Schweigen, wie im »Müttermanifest« einiger »grüner« Frauen 1987 geschehen, einmal gebrochen, ist die Aufregung groß. Im Namen der einen gemeinsamen Sache bedauerte man die falsche Entgegensetzung von Müttern mit anderen Feministinnen, die ihr Hauptaugenmerk auf die

Arbeitswelt gerichtet hatten. Aber auch andere waren entsetzt über den konservativen Backlash aus den eigenen Reihen. Dem fortgeschrittenen Bewußtsein erscheint Mutter als eine Funktion, die, abgesehen von einem noch unvermeidlichen Engagement (Schwangerschaft, Geburt, Stillzeit) auch von Männern erfüllt werden kann und in Zukunft gerechtigkeitshalber auch muß. Das »Müttermanifest«, aber auch die alltägliche Empirie lehren, daß dieses Konzept die Vernunft vieler Frauen überfordert. Eine kleine, aber symptomatische Gruppe von Frauen nimmt Widrigkeiten aller Art auf sich, um sich den Wunsch nach einem Kind zu erfüllen – doch wohl kaum, weil sie eine soziale Verpflichtung erfüllen wollen oder müssen. Manche überantworten sich wieder der Männermedizin, deren Stündchen doch längst gekommen sein sollte. Andere akzeptieren die politisch immerhin korrektere Rolle der Alleinerziehenden, wenn die biologische Uhr langsam abläuft und ein brauchbarer Lebenspartner ausbleibt. Manche erwerben Kinder auch da, wo sie noch im Überfluß geboren werden, zum Beispiel in Südamerika, um auf diesem Wege endlich Mutter zu werden und Mutter zu sein. Das laute und gut ausgearbeitete Lamento über den für Frauen so fatalen Druck, der Reproduktion eine gewisse Priorität vor anderen Lebensmöglichkeiten einzuräumen, wird von vielen nach wie vor geflissentlich überhört, seine Konsequenzen mit List und Tücke umgangen. Mütter kaschieren sich selbst und werden kaschiert. So kann sich die »Alleinerziehende« – eine etablierte Kategorie – heute zwar des wohlwollenden Respekts der andern sicher sein, sie genießt ihn aber nicht als Mutter, sondern als moralische Agentin, deren Klagen und Beschwerden wir uns desto williger anhören und zu eigen machen.

Mutter ist tabu und auch im »Dreizehnten Mond« ist sie, gar die Mutterschaft, kein Thema. Menstruation und Menopause, Beckenboden und Eisprung werden als konstituierende weibliche Erfahrung zwar wiederbelebt und ausgelotet, aber diese Vor- und Nachbereitungen einer eigentümlichen Kreativität enden, zumindest im Programm, im Nichts, sprich: in der

Seele der Teilnehmerinnen, die sich nach dem Vollzug all der Übungen und kollektiven Bestätigungen vermutlich subjektiv gehoben und besser fühlen. Was in den siebziger Jahren geradezu eine Mode in Frauenkreisen war, die Selbstuntersuchung des Genitalapparats mit dem Speculum, wird im »Dreizehnten Mond« noch heute geübt: »Wir Frauen entdecken bei der Selbstuntersuchung, daß wir auch von innen schön sind.« Das ist doch mehr, als jede, die lebenslang ihr Äußeres bekrittelt, erwarten kann. Ihre Menstruationsforschung teilt den Zyklus in vier erlebnisfähige Phasen, die nach vier griechischen Göttinnen benannt sind: Artemis, Athene, Psyche und Persephone/Demeter... In einer »Menstruationshütte« kann man den Zyklus mit anderen erleben; eine Mutter wünscht sich, noch vor der drohenden Menopause die Blutung gemeinsam mit ihrer kleinen Tochter zu erfahren.

Man ist schockiert, und der abwehrenden Kritik an diesem Versuch, physiologische Abläufe zu kultivieren und damit zu kulturalisieren, stehen Tür und Tor sperrangelweit offen. Mag man dem hoffnungslos reaktionären Versuch auch jede Zukunft absprechen, als Trotzreaktion, ja, als Widerstand gegen die progressive Vermarktung der Weiblichkeit verdient er Beachtung. Dank einer offensiven Werbung im Fernsehen ist ja die Menstruation längst kein peinliches Geheimnis mehr für die Betroffenen und ihre am Rande eingeweihten Freunde und Liebhaber, sondern ein öffentlicher Tatbestand. Nach wie vor und in zunehmendem Maß wird sie aber als eine zeitweilige Behinderung aufgefaßt, die es mit allen Mitteln zu minimisieren und unsichtbar zu machen gilt. Noch ist sie zwar vorhanden, gilt auch weiter als wichtiger Indikator dafür, daß man »als Frau« in Ordnung ist, und muß deshalb kontrolliert werden. Im Widerspruch dazu steht ihre Bearbeitung als Hygieneproblem. Wer den Weg in den »Dreizehnten Mond« nicht findet, und das sind ja fast alle, trifft in jedem Supermarkt auf ein hochdifferenziertes Angebot von Artikeln, die es jeder Frau gestattet, der periodisch wiederkehrenden Verlegenheit jedweden idiosynkratischen Ausdruck zu geben. Es gibt natürliche und technische Konzepte der Monatshygiene, solche, wo man sich anfassen muß für Robuste, anderen wo man die Selbstberührung vermeiden kann; es gibt Mittel für Anfänger und Fortgeschrittene und neuerdings eins, das das Problem auf den Punkt bringt, auf dem die Frauen auch wirklich stehen, heute viel hilfloser und verunsicherter als je zuvor. »Always Ultra« konzipiert das weibliche Genitale, keineswegs metaphorisch, sondern real als die immer offene Wunde, die täglich versorgt werden muß und verspricht gleichzeitig, das beweisfähige Sekret in der Unsichtbarkeit verschwinden zu lassen. Der praktische Tintenkiller ist auch für Blut zuständig.

Nur auf den ersten Blick unterscheidet sich die industriell hervorgebrachte Menstruationskultur des Supermarkts von den Offerten des therapeutischen Menstruationskults im »Dreizehnten Mond«. Hinter der Fassade von Hygiene und Sauberkeit dort, dem Versprechen auf Tiefengesundheit und spirituelle Erhebung hier, reagieren beide auf eine epochale Umstellung in modernen Gesellschaften, die sich schon lange abzeichnet, aber erst heute radikal zugespitzt für jede Frau erfahrbar geworden ist. Die Frauenbewegung ist weniger, als sie mit ihren historischen Rechenarbeiten und aktuellen Beschwerdelisten plausibel zu machen sucht, Wortführerin einer gerechten Sache als Symptom eben dieser Umstellung. Vorsichtig ausgedrückt, haben moderne Gesellschaften nicht die notorische Neigung, Frauen zu diskriminieren, sondern die Tendenz, sie überflüssig zu machen. Heute gibt es keine Frau mehr, die in ihrem Leben nicht mehr Gedanken und Mühe, Geld und Zeit für Empfängnisverhütung, Geburtenplanung oder Abtreibungen verwandt hat und verwenden mußte als auf die raren Ereignisse von Empfängnis, Schwangerschaft und Geburt. Die pathetische Inszenierung solcher Ereignisse im Einzelfall spricht eine beredte Sprache und dokumentiert den Verlust an Macht und Bedeutung, den die Frauen erlitten haben und den sie heute verarbeiten müssen. Alle Klageszenarien vernebeln diesen Tatbestand, und man kann allenfalls in der Monotonie der Opferdiskurse den Schmerz und die Leiden erkennen, welche die Entwertung der weiblichen Kreativität erfahren hat. Nur in Einzelfällen bietet die berufliche oder künstlerische Selbstverwirklichung Ersatz. Man sieht heute eben nur noch die eine Seite, wenn man darauf abhebt, daß Frauen keine Kinder mehr kriegen müssen und nicht mehr nur auf den Status der Gebärmaschine, der sich aufopfernden Mutter und bornierten Hausfrau etc. reduziert werden können – sie dürfen und sollen das auch nicht länger. Erst die allgemeine und auch technisch unproblematische Trennung von Prokreation und Sexualität macht im übrigen alle Frauen zu jenen nackten Sexualobjekten, für die sie der herrschenden Konvention nach »immer noch« gehalten werden. Historisch und grundsätzlich betrachtet, waren das Frauen aber nie, und wer sie – nicht länger Objekte männlicher Lust, aber auch unumgänglicher Schuld – als Subjekte ihrer Sexualität sein werden, wissen wir eigentlich noch nicht.

Der Prozeß der Entwertung der genuin weiblichen Kreativität ist unumkehrbar und der platte Zwang, das Bevölkerungswachstum per Geburtenkontrolle zu beschränken, ist weltweit wohl unvermeidlich; denn das menschenwürdige Leben, das wir jedem ermöglichen wollen, ist ungeheuer kostspielig. Wer zahlt? Zuerst einmal in bar die Frauen, denen der Verlust ihrer alten Funktion mit dem Versprechen auf eine ungewisse bessere Zukunft schmackhaft gemacht werden soll. Es ist begreiflich, daß sie zögern und deshalb so oft als widerständiges, konservatives Element in Erscheinung treten, wie auf der Uno-Konferenz zu Bevölkerungsfragen in Kairo oder der Frauenkonferenz in Peking, wo sie lieber über Mütter und Familienförderung als über Geburtenkontrolle und Diskriminierung sprechen wollten. Dennoch zeigt die Ein-Kind-Politik Chinas, welchen Weg alle Gesellschaften gehen müssen, wenn sie ihren Mitgliedern Arbeit, Nahrung, Bildung und Gesundheit gewähren wollen, eben das menschenwürdige Leben, das die Weltgemeinschaft ja auch in zahllosen Beschlüssen und Konventionen der Uno und ihrer Unterorganisationen zur Norm erhoben und allen zur Kenntnis gebracht hat.

Wenn viele Kinder eine Gefahr darstellen und also Mütter immer weniger gebraucht werden, kann die Rekonstruktion archaischer Weiblichkeit nicht glücken. Der moderne Menstruationskult, welcher einer strikten Geburtenkontrolle schon Rechnung trägt, endet in bloßer Körper- und Seelensorge. Unbeabsichtigt schließen sich die Frauen mit ihm wieder einer Tradition hysterisch-hypochondrischer Selbstthematisierung an, einer ehedem massenhaft angesteuerten Sackgasse, welche die Emanzipation doch öffnen wollte. Keine schöne Perspektive, wie ein Blick ins 19. Jahrhundert lehrt.

Zeitlebens kämpfte das Ehepaar Fontane mit depressiven Verstimmungen und Migränen – der Frau, die der Schriftsteller »für witzig, espritvoll, klug und umsichtig gekauft hatte« (Brief vom 18.9.1857).[3] »Witzig ist sie wirklich, aber sie ist zu gleicher Zeit in allem, was sie sagt, so hin und her huschig, so planlos, so unselbständig, so abhängig vom Moment und von jedem neuen Einfall, der ihr durch den Kopf geht ... Ich mag oft hart und ungerecht sein, aber der Grund ist au fond schmeichelhaft für Emilien und liegt darin, daß ich von ihren Fakultäten eine zu gute Meinung habe.« Das Kinderkriegen gehörte nicht unbedingt dazu, schon damals nicht mehr, nicht zuletzt im Hinblick auf seine Kostspieligkeit und die Strapazen von Schwangerschaften und Geburten. Nach der dritten, 1853, beschließt Fontane, das »Geschäft« zu schließen, aus Mitleid und Mitgefühl für Emilie. Es glückt nicht und drei weitere Kinder werden geboren. Immer wieder liegt die Frau »abgekopfweht« auf dem Sofa. Immer wieder stellt sich die Frage nach dem Ernst oder Unernst der Lage, die medizinisch nicht beantwortet werden kann: »Emilie ist seit über acht Tagen krank, die ersten drei nahm ich es als eine jener landläufigen Verstimmungen, die den Krokodilpanzer meines Gleichmuts nicht mehr durchstechen, bis ich am vierten Tage gewahr wurde, daß der Wind ernstlicher blies. Ich zog also den Ehemann aus und den Doktor an und bin endlich heut, mit Hülfe ›höllischer Latwergen‹, des bösen Feindes Herr geworden. Sie ist aber immer noch angegriffen, und zwar echt und wirklich. Man muß dies eigens hervorheben, denn es ist dies eins der ältesten Gebiete, auf denen der Kampf zwischen Idealismus und Realismus tobt. Es gibt schlecht gerechnet ebenso viele falsche Migränen wie falsche Zöpfe. Und das will was sagen« (Brief vom 9.8.1874).

Es ist verlockend, solche Geschichten aus dem bürgerlichen Eheleben im Zeichen der Geschlechterpolarität, vor der Erfindung der Pille, des Frauenstudiums und anderer Fortschritte der Historie zu überantworten. Allenfalls ließe sich – und das hat die Frauenbewegung auch ausgiebigst getan – aus der Vergangenheit Zündstoff für aktuelle Empörungen gewinnen. Andererseits beweist die Frauenbewegung durch ihre schiere Existenz, daß veränderte und verbesserte Verhältnisse das Problem, um das es geht, nicht aufheben, sondern nur bis zur Kenntlichkeit radikal zuspitzen. Welche Bedeutung hat die Zweigeschlechtlichkeit des Menschen und, da für Männer die Anatomie bekanntlich nicht Schicksal war, welche Bedeutung wollen Frauen ihr geben, wenn das Schicksal einfach wegfällt? Gewiß waren Männer wie Fontane auch Liebende, Ehemänner und Hausväter, die für ein moralisch akzeptables Sexualleben, das Glück und den Komfort der Familie ihren Preis zu zahlen bereit waren – aber sie mußten in dieser Existenz nicht aufgehen wie die Frauen. Ihre Umstellungsprobleme sind, verglichen mit den ihren minimal und müssen ihnen fast aufgedrängt und eingeredet werden. Fontane hätte es einfach leichter gehabt, wenn seine Emilie seltener Migräne und statt dessen auch einen Beruf außerhalb des Hauses gehabt hätte. Ihre Abhängigkeit machte sie ängstlich und unsicher, wenn Fontane seine schriftstellerischen Ambitionen über die Sicherheit eines mediokren Gelderwerbs stellte. Welche Beziehungsarbeit es ihn gekostet hat, Emilie den Abschied vom sicheren Gelderwerb bei der Kreuz-Zeitung plausibel zu machen, lassen die Briefe ahnen.

Die Emanzipation der Frauen liegt also nicht nur im historischen Trend von Gesellschaften mit immer niedrigerem Bevölkerungsumsatz, sie liegt auch im unmittelbaren Interesse von Ehemännern und Vätern, kurzum Männern. Das hat zwar ihren vehementen Widerstand nicht immer verhindert, erklärt aber, warum er Punkt für Punkt aufgegeben wurde. Ihre Gewinne lagen bald auf der Hand, die der Frauen mußten immer gegen die Verluste aufgewogen werden. Verluste sind konkret, Rechte sind Optionen auf eine Zukunft. Die Frauenbewegung agiert bis heute im Hellfeld des retrospektiv evidenten Unrechts und des Dunkelfelds ihrer Zukunft, und sie reagiert auf die Tatsache, daß die Frauen im Prozeß der Emanzipation etwas verloren haben, ohne für diesen Verlust bisher hinreichend entschädigt worden zu sein. Oder, auch so könnte man die gegenwärtige Lage charakterisieren, ohne daß es der Frauenbewegung gelungen wäre, jenseits der Beschwerdekultur schon einen Standpunkt zu formulieren, von dem aus Frauen sich selbstbewußt artikulieren können. Das rührt daher, daß sie sich nie als Dienstleistende in Umbruchszeiten, sondern immer als Klageführerin für das angeblich Selbstverständliche aufgeführt hat. Gäbe es jenseits der Frauengeschichte nach dem anderswo längst obsoleten Muster von Unterdrückung, Kampf und Fortschritt eine andere, die dem historischen Bruch Rechnung tragen würde, der um 1800 stattgefunden hat, dann wüßte man eher, welche Zumutungen Frauen zu verarbeiten haben.

Man könnte meinen, daß die Dekonstruktion der Kategorie Geschlecht, wie sie Judith Butler vorgeschlagen hat, implizit der Entwertung der Weiblichkeit Rechnung trägt und explizit dem unglücklichen Bewußtsein der Frauen einen Ausweg bietet.[4] Butler will nicht bloß die politische Interpretation des sexuellen Dimorphismus im Interesse der Frauen kritisieren und verändern. Der Nachweis, daß es Frauen (noch) nicht gibt, weil die vorfindlichen bloß Männerwünsche und Herrschaftsinteressen spiegeln, wird fortgeführt bis zur zumindest logischen Konsequenz, daß es dann ja wohl auch keine Männer (mehr) geben kann. Das Ende ihrer Definitionsmacht beschert den Frauen die Freiheit; sie selbst als historische Übeltäter, Erfinder und Nutznießer der Differenz und einer rigorosen Identitätspolitik haben die peinliche Aufgabe, die Trümmer ihrer Herrschaft bußfertig zu entsorgen.

Nun ist die Idee, daß Geschlechtsidentität – nicht nur die schlechte weibliche – gelehrt und gelernt und im Alltag auf die vielfältigste Weise reproduziert wird, ja nicht neu. Die Sozialisationsforschung auf der einen, die Soziologie mit vielen Varianten auf der andern Seite haben ja hinreichend dargetan, daß Wirklichkeit sozial konstruiert wird, daß das Subjekt keine Monade ist und bis in seine subtilsten Regungen und Wahrnehmungen nur als interagierendes überhaupt existiert. Was neu ist an der feministischen Adaption des Konstruktivismus und seiner Fortsetzer ist der enthusiastische Glaube, er ließe sich in den Dienst einer sexuellen und politischen Utopie stellen, die mit der Kränkung, als Frau geboren zu sein, auch alle anderen Ungerechtigkeiten dieser Welt zu beseitigen verspricht. Fallen die Geschlechteridentität und die Geschlechterdifferenz, dann geraten auch andere schlechte Identitäten und Differenzen ins Trudeln, die Menschen markieren, ausgrenzen, unterdrücken und ausbeuten, sie ihrer Potenzen und Freiheiten berauben.

Es fällt auf, daß andere, zugegeben männliche Konstruktivisten den Glauben an die Reversibilität sozialer Wirklichkeitskonstruktionen nicht teilen. Je subtiler die Analysen ausfallen, als desto zäher und überlebensfähiger erweisen sich die Konstruktionen. Erving Goffman, als radikaler Interaktionist jedes Substanzialismus und Essentialismus ganz unverdächtig, hat mehrfach untersucht, wie Geschlecht konstruiert und vor allem, warum es, aller Kritik zum Trotz, gerade in modernen Gesellschaften mit ihrem Gleichheitsideal zum populären Renner werden mußte.[5] Er betrachtet Geschlecht als eine soziale Ressource, einen Modus der Vergesellschaftung der buchstäblich jedem zur Verfügung steht, ob arm, ob reich, jung oder alt, krank oder gesund. Je irrelevanter andere Modi werden, desto energischer kommt man auf ihn zurück, Tag für Tag. Wer die auf ein internationales, soziokulturell völlig heterogenes Publikum berechnete Popmusik in Bild und Ton beobachtet, kann Goffman nicht widersprechen. Werden alle möglichen anderen Identitäten durchkreuzt und pluralisiert, am Geschlecht wird nicht gerüttelt. Goffman behauptet sogar in einer Analyse des weißen amerikanischen Mittelklasse-Patriarchats, daß selbst seine rigide heterosexuelle Konstruktion, vom Standpunkt des Interaktionisten aus betrachtet, so große Vorzüge bietet, daß man es kaum zu den Auslaufmodellen rechnen kann. Das heterosexuelle Paar bietet jedem Teilnehmer die einmalige Chance, Schauspieler seines Selbst und Publikum für einen anderen gleichzeitig zu sein. Diese interaktionistische Verdichtung und Verdopplung ist unschlagbar, nicht bloß für den Soziologen, der, um zu diesem Schluß zu kommen, keine Silbe auf die Biologie, die sexuellen Bedürfnisse oder gar die Liebe verwenden muß. Man könnte darüber hinaus sogar vermuten, daß erst die scharfe Akzentuierung des Geschlechts und der Geschlechtsidentität im Zeichen der Heterosexualität die Toleranz für jene Minderheiten gründlich fördert, die eine andere haben. Je teurer den einen die ihre unter modernen Bedingungen geworden ist, desto mehr können sie respektieren, daß andere mit demselben Ziel auf andere Ressourcen zurückgreifen müssen und daran nicht länger gehindert werden dürfen.

Aus der Distanz betrachtet, enthüllt sich Butlers Dekonstruktion von Geschlecht, Differenz und Identität als ein weiteres Kapitel im Buch der Kränkung, das nach wie vor verzeichnet, daß es besser wäre, als Mann geboren zu sein. Bis heute interessieren sich Männer, nicht einmal die Schwulenbewegung, einen Deut für das utopische Chaos, das der feministische Dekonstruktivismus anzurichten verspricht. Transsexuelle beiderlei Geschlechts huldigen dem anatomischen Realismus und lassen sich für teures Geld und auf Kosten der längst aufgeklärten Krankenkassen dem Geschlecht anverwandeln, dem sie seelisch zugehören. Transvestiten bleiben weiterhin »männlich« und kokettieren mit dem Penis, den sie unter der Hybridweiblichkeit, die sie inszenieren, immer sicher wissen. Warum gibt es keine weiblichen Transvestiten, die das Fernsehpublikum fesseln können? Frauen, die sich als Männer verkleiden, verstärken ihren femininen erotischen Appeal oder erregen Anstoß als Usurpatoren der Männerrolle, die ihnen nicht zusteht. Viele historische Beispiele belegen, daß die Frauen, die dennoch in die Männerrolle geschlüpft sind, keineswegs Vagabundinnen im System rigider Geschlechtertrennung und -entgegensetzung waren, für die Frauen sie heute gern halten möchten.[6] Im Gegenteil, die Frau als Mann bekräftigt es, indem sie, meist aus ganz verständlichen Gründen, eine hierarchisch höhere Position besetzt und von männlicher Macht profitiert. Der Transvestit fasziniert, weil er keine plausiblen sozialen Motive, gar progressive oder politische Absichten mit seinem Tun verbindet. Will man ihn nicht als gestört der Psychopathologie zuteilen, dann begreift man ihn am besten als einen religiösen Menschen, der die Bedrohung durch das Weibliche in fetischistischen Zeremonien bannen muß. Diese Angst ist männlichen Zuschauern nicht fremd und schmeichelt den weiblichen, die ihre Macht gespiegelt sehen.

Die Hoffnung der Frauen, ihrem Geschlecht zu entkommen, hat die Frauenbewegung immer wieder zu radikalen Maßnahmen und in die Sackgassen von Theorien getrieben, die sich als nicht praktikabel erwiesen haben. Mag der Ausschluß von Männern aus pädagogischen Gründen oft nützlich gewesen sein, ihre Existenz im Leben der allermeisten bleibt eine ärgerliche Tatsache. In ihrem Bestseller vom »Kleinen Unterschied und seinen großen Folgen« ist es Alice Schwarzer nicht gelungen, sich selbst und den Leserinnen klarzumachen, was Frauen an Männern finden, die ihnen lebenslang so übel mitspielen. Mit dem sarkastischen Blick auf den Penis – das weibliche Äquivalent existiert scheinbar gar nicht – läßt sich eben das Rätsel der Geschlechterbeziehungen und ihres Beharrungsvermögens nicht lösen. »Im Namen der Liebe werden Frauen zu Frauen degradiert«, behauptet Schwarzer doppeldeutig, als ob es Frauen nicht gäbe oder nicht geben dürfte, wenn alles mit rechten Dingen zuginge. »Im Namen der Liebe haben sie kein Recht auf die eigene Existenz und Unabhängigkeit, sind sie Freundin/Frau/Mutter von, sind sie Objekt, statt Subjekt, bescheiden sich mit einem Platz am Rand der (Männer-)Welt.« Ein Holzschnitt, der längst nichts mehr abbildet, wenn er das je getan hat. Schwarzer offenbart eine gröbliche

Unterschätzung der Macht, die Frauen in einer zweigeteilten Welt als Ehefrauen, Mütter über Männer und Kinder ausgeübt haben. Sie verkennt aber auch – ein systematischer Fehler, den die Frauenbewegung überhaupt gemacht hat –, daß die Befriedigungen einer Existenz im zweiten Glied (aus der Sicht einer ehrgeizigen Journalistin, einer kinder- und ehelosen Berufsfrau) so übel nie war und auch heute noch genügend Anhängerinnen findet. Abgesehen von der Beschwerdekultur mit ihren kurzfristigen Entlastungserlebnissen, hat sich in vielen Jahren nichts entwickelt, weder sozial noch ideell, was Frauen eine angemessene Verarbeitung ihrer Umstellungsprobleme erleichtern und ihrem begründeten Konservativismus abhelfen würde.

Neuerdings hört man ja öfter von ausbleibenden oder enttäuschenden Ergebnissen, die die Frauenpolitik, angestoßen und getragen von der Frauenbewegung, bewirkt hat. Zu falschen Konzepten beigetragen hat mit Sicherheit die Verleugnung des Geschlechts und die kompensatorische Pflege eines hochsexualisierten männlichen Feindbilds.

Schon früh machte ein Papier aus den Vereinigten Staaten in der Frauenbewegung Furore, das den Mythos vom vaginalen Orgasmus als solchen entlarvte.[7] Man ging dazu über, die männliche Fixierung auf die »Penetration« zu kritisieren. Die sexuelle Revolution der Sechziger erschien plötzlich als eine Inszenierung von Männern für Männer. Aus Frauensicht – so interpretierte man die Nachricht aus Amerika – überschätzten sie ihren kleinen Unterschied zur Lustgewinnung. Sie waren überflüssig, zumindest leicht ersetzbar. Deshalb, aber auch zum Zwecke effektiver Befreiungsarbeit, gab man die Parole aus, daß Frauen sich auf Frauen beziehen sollten, auch sexuell. Man wurde aus Überzeugung lesbisch, eine Option, die für die meisten natürlich nur vorübergehend Bedeutung hatte. Andere kultivierten die Idee der Androgynität. Die Männer wurden aufgefordert, ihre weiblichen Anteile zu entwickeln, die Frauen sollten fordernder und aggressiver werden. Die philosophische und religiös-mystische Tradition dieser Idee von der

Aufhebung der Geschlechterpolarität im Himmel der Harmonie und der Versöhnung spielte dabei keine Rolle. Die Frauen verfolgten eher die Idee einer unmittelbaren An- und Abgleichung der Geschlechtsunterschiede zu ihren mutmaßlichen Gunsten. Es ist verblüffend, welche Leserbriefschlachten noch heute in Gang gesetzt werden können, wenn es um die Frage geht, ob Männer im Stehen pinkeln dürfen oder sollen. Es scheint, daß frauenbewegte Frauen hier mehr Anstoß nehmen als andere. Daß sie neidisch und betrüblicherweise auch nach Jahren der Bewußtseinsbildung auf den angeblich so kleinen Unterschied fixiert geblieben sind, wagt man kaum zu behaupten. Sie selbst machen hygienische und sozialpolitische Gründe für ihre Forderung nach der Umstellung männlicher Pinkeltraditionen geltend. Wenn Männer ihnen folgen, erzeugen sie Schmutz. Schmutz muß von Frauen, womöglich Putzfrauen, in einem ohnehin bemitleidenswerten weiblichen Arbeitszusammenhang beseitigt werden. Mediziner favorisieren die männliche Miktion im Stehen. Viele Männer andererseits haben sich der weiblichen Predigt gefügt, deren kastrative Intention sie geflissentlich überhören, weil sie trainiert darin sind, dem weiblichen Wahnsinn, im Verfolg ihrer eigenen Interessen Rechnung zu tragen.

Männliche Diplomatie kann auf Dauer weibliche Selbstbesinnung nicht ersetzen. Gehört eine gewisse Parteilichkeit für Frauen zum Grundkonsens der Gesellschaft, ist die Bewegung versandet. Als Theorie existiert der Feminismus im Umkreis der Universitäten (die Parallele zum Marxismus in den siebziger Jahren drängt sich auf), wo an grünen Tischen die alten Phantasien dogmatisch zugespitzt werden, die in der politischen Praxis früherer Jahre schon zu nichts geführt haben.

Scheint das Potential der klassischen Emanzipationspolitik fast ausgeschöpft, muß vielleicht von der Gleichberechtigung auf die Privilegierung umgestellt werden, folgt auf das alte Ärgernis der Benachteiligung das neue der Diskriminierung. Die im Grunde doch simple Botschaft lautet: Erst wenn Frauen nicht mehr als Frauen diskriminiert, das heißt von Männern unterschieden werden können, müssen und dürfen, weil alle Mythen nun entlarvt und Konstruktionen eben bloß Konstruktionen sind, ist die Frauenfrage beantwortet. Im Alltag funktioniert die Diskriminierung der Frauen wie eine paranoide Erwartung, die subjektive Bestätigung jederzeit finden kann. In der Theorie kann man das Übel der Diskriminierung als Sündenfall der Unterscheidung begreifen und endlich bei der Wurzel packen. Mit dem Verweis auf ausgegrenzte und verfolgte Minderheiten aller Art, auf Rassen, Ethnien und andere Kulturen gewinnt der Ansatz einen politisch-progressiven Sinn. Frauen, der eigentliche Ausgangspunkt, erscheinen plötzlich nur mehr als der Spezialfall einer Herrschaftslogik, von der sie allerdings, wenn sie weiß und wohlhabend sind, auch einen Nutzen ziehen.

Die Thematisierung eines bisher unbewußten weißen Rassismus und Eurozentrismus in der Frauenbewegung, das eingestandene Übersehen der Ungleichheit zwischen Frauen imponiert weniger als Fortschritt denn als Gedankenflucht. Im Meer der neuen Probleme und Differenzen geht die Geschlechterdifferenz unter. Unter der Bezeichnung »Zwangsheterosexualität« taucht sie wieder auf und wird zu ihrer Beschämung mit den theoretisch subversiven und politisch korrekten, grenzenlosen Möglichkeiten sexueller Selbstverwirklichung jenseits des Patriarchats kontrastiert. Als fast vollendetes Beispiel weiblicher Identität im Nicht-Identischen könnte folgende Kurzbiographie einer Sängerin und Dichterin gelten: »Storme Webber ist eine Frau mit vielen Identitäten. Sie ist afro-amerikanischer und indianischer Herkunft, Lesbe und stammt aus einer Unterschichtfamilie. Die Tochter einer lesbischen Mutter und eines bisexuellen Vaters ging im Alter von elf Jahren von zu Hause weg und kam in eine Pflegefamilie ...«[8]

Was man von dem Versprechen auf ein selbstgenähtes Patchwork pluralisierter Identität und der Transzendierung herrschaftlicher Geschlechterdichotomie zu halten hat, machen weitere Passagen des Textes deutlich. »Ihre Gedichte schöpft Storme Webber aus dem Leben. Sie macht sich über weiße Männer lustig, die Dreadlocks tragen und sich bei den Schwarzen anbiedern wollen, sie erzählt von Liebe und Gewalt in der Großstadt (...) Sinnliche Geschichten voller Kühnheit und Lebenslust. ›Ich finde, lesbischer Sex sollte gefeiert werden. Schon deshalb, weil lesbischer Sex so oft verschwiegen wird.‹« Sich lustig machen heißt wohl kaum, »aus dem Leben schöpfen«. Die Abgrenzung von weißen Männern durch den Rest ist ja längst Konvention: Ihre Aneignung fremder Symbole (dreadlocks) kann nur mißbilligt werden; ihre Verwandlungs- und Anverwandlungsbedürfnisse werden zurückgewiesen (Anbiederung). Wenn es die richtigen sind, werden Differenzen und Identitäten eben nicht flüssig, sondern zum eifersüchtig bewachten und selbstverwalteten Besitzstand. Als Identitätsmischling wird man geboren, wie Webbers Familiengeschichte zeigt, und aus diesem Geburtsrecht leiten sich nicht weniger (oder keine), sondern mehr Privilegien auf Wahrheit und Geltung ab, immer in der Unterscheidung zu denen, die weiß und männlich oder doch weiß, weiblich und heterosexuell »geboren« sind. Die Feier des lesbischen Sex, der bisher von den Lesben ver-, von den anderen beschwiegen wurde, zielt auf Anerkennung. Wer kann sie gewähren, wenn nicht die längst auf Toleranz und, schlimmer noch, Indifferenz eingestellte heterosexuelle Hegemonialkultur, die man doch eigentlich im Interesse der FrauenLesben(!) infrage stellen wollte?

Die Frage, welche Bedeutung die Frauen der sexuellen Differenz unter dramatisch veränderten Bedingungen geben wollen oder sollen, hat die Frauenbewegung und ihre akademische Fortsetzung nicht gegeben. Zur Kränkung, als Frau geboren zu sein, trat die nächste, als Frau überflüssig zu werden. Als anpassungsresistent haben sich nicht die Biologie und die Körper erwiesen – man denke an die Fortschritte der Reproduktionstechnologie und die Möglichkeit der operativen Geschlechtsumwandlung –, nein, resistent ist die Kultur, die Gesellschaft. Sie hat die Differenz zum zentralen Operator der Sozialisierung des Individuums, der Vergesellschaftung überhaupt erhoben. Warum sollte sie auf die Geschlechterdifferenz verzichten? Wohin man auch blickt, auf den Fernsehschirm, die Straße, den Supermarkt oder in die Zeitung – diese Entscheidung steht nicht auf der Agenda der Gegenwart.

4
Kinder oder Karriere?
Die sogenannte Vereinbarkeitsproblematik

Das Ziel, dem die alte Frauenbewegung, unterstützt von nicht wenigen männlichen Hilfskräften, jahrzehntelang zustrebte, hieß »Gleichberechtigung«. Es galt, Gesetze zu ändern, die Mädchen und Frauen von der höheren Schulbildung, dem Universitätsstudium und so gut wie allen qualifizierten Berufen ausschlossen. Es mußte auch das aktive und passive Wahlrecht, das Recht auch der verheirateten Frau auf Fortsetzung ihrer Berufstätigkeit, auf Handlungs- und Entscheidungsmacht in allen möglichen Angelegenheiten des bürgerlichen Lebens durchgesetzt werden. Lange waren also Frauenrechte nicht mehr und nicht weniger als aufgehobene Verbote. Ob man geschlechtsneutrale Rechte nutzen konnte oder wollte, war Sache der einzelnen Frau.

Von Gleichberechtigung wird zwar auch heute noch gesprochen, man meint damit aber eigentlich längst etwas ganz anderes. Zumindest denkt man an Chancengleichheit, ein Begriff, den die Bildungsreform in den sechziger und siebziger Jahren populär gemacht hat. Wer Begabungsreserven freisetzen wollte, mußte bezweifeln, daß sich Intelligenz so säuberlich entlang der Grenzen von Klassen und Schichten sortieren und aussortieren ließ, wie es das dreigliedrige Schulsystem ganz naiv abbildete. Hat zum Exempel ein Kind, am besten ein weibliches, im ländlich-katholischen Milieu Bayerns daheim und außerdem mit einem Arbeitervater geschlagen, gleiche Begabung unterstellt, dieselben Bildungschancen wie ein männliches im weltlichen Hamburg, dessen Vater Anwalt oder Arzt oder wenigstens im mittleren Dienst beschäftigt ist? So wurde damals rhetorisch gefragt und dann durch finanzielle Anreize, Schulreformen, Lehrermotivation und kompensatorische Erziehung geantwortet. Man versuchte auch, durch den Abbau von Vorurteilen hinsichtlich eines stark bürgerlich geprägten Bildungs- und Sprachideals Gutes zu wirken. Mehr Bildung für mehr Heranwachsende, meßbar am Anteil jedes Schülerjahrgangs an höheren Bildungsabschlüssen, auch an Studentenzahlen, aber auch an der Popularisierung von Ambitionen bei allen Eltern für ihre Kinder – das waren die Ergebnisse. Jene Startgerechtigkeit, die im Begriff der Chancengleichheit versprochen schien, konnte das Ende nicht sein. In einer Gesellschaft, in der auch das soziokulturelle Kapital sehr ungleich verteilt ist, wirkt sich das heute nicht so massiv schon bei Zehn- oder Neunzehnjährigen aus wie ehemals – spätestens im Studium, nach dem Examen und bei Berufseintritt gewinnen alte Handikaps und ebenso alte Privilegien dann aber doch wieder Bedeutung.

Im Hinblick auf die Frauen ist nun vielen selbst Chancengleichheit nicht genug. Das neue Ziel besteht in einer materialen, statistisch belegbaren Gleichheit. Fast eher implizit als explizit, wird an eine gerechte Verteilung von Macht und Reichtum, aber auch von bestimmten Lasten und Plagen entlang der Geschlechtergrenzen als Ziel der Frauenpolitik gedacht. In Analogie zur katholischen Arbeitertochter aus Bayern aus den Zeiten der Bildungsreform ließe sich das Exempel konstruieren: Bei einem Frauenanteil von 50 Prozent an der erwachsenen Bevölkerung und 55 Prozent der Konzertbesucher liegt der Anteil weiblicher Chefdirigenten großer Sinfonieorchester bei Null. Oder: Trotz einer überwiegend weiblichen Lehrerschaft in der Grundschule sind Schuldirektoren überwiegend männlichen Geschlechts. Oder, in die Zukunft gedacht: Haben wir nach den Herren Heuss, Lübke, Heinemann, Scheel, Carstens, Weizsäcker und Herzog nun nicht endlich ein

Anrecht auf einen weiblichen Bundespräsidenten, und sollten wir demnächst nicht die Frauenreihen wieder einmal ganz fest schließen, um ihn bzw. sie auch zu kriegen?

Wer die Idee einer statistisch nachweisbaren Gerechtigkeit in die Tat umsetzen will, muß sich natürlich irgendwie mit der Tatsache befassen, daß Frauen aus der Gleichberechtigung bislang so wenig gemacht haben. Eine Erklärung dafür lautet, daß Frauen Kinder nicht nur kriegen, sondern auch mit ihrer Pflege und Erziehung belastet sind, so daß sie im Berufsleben nur mit halber Kraft anwesend sein können. Stillschweigend unterstellt wird dabei auch, daß Männer, unbelastet oder von braven Ehefrauen freigestellt, durch ihr berufliches und politisches Engagement in den Genuß begehrter Privilegien kommen, während die Frauen die Lasten und Plagen tragen, ohne entsprechend honoriert zu werden. Vor vielen Jahren, als die berufstätige Ehefrau und Mutter in besseren Kreisen noch nicht so verbreitet war und schon gar nicht als Ideal galt, sprach man mitleidig von Doppelbelastung. Hier verdiente sie Geld und stand ihren Mann im Berufsleben, da hatte sie zu kochen, zu putzen, zu erziehen und die Familie auch sonst zusammenzuhalten. Als anständige Arbeit galt aber beides. Heute, wo eine anständig bezahlte Arbeit außer Haus für viele unerreichbar ist, da gilt plötzlich die Erwerbsarbeit als ein »Stück Lebensqualität« für Frauen, während die sogenannte Familienarbeit, deren gesellschaftliche Relevanz gleichwohl betont wird, nach der Überzeugung keiner emanzipierten Frauenpolitikerin persönlich noch einen Sinn zu machen scheint.[1] Was liegt also näher, als das Gute, die Erwerbstätigkeit der Frauen außer Haus, zu fördern und dafür zu sorgen, daß das Schlechte, die Familienarbeit, in Zukunft zwischen den Geschlechtern geteilt wird? Das habe für sie, sagte die SPD-Schattenministerin für Familienpolitik, oberste Priorität. Nun kann man zwar im öffentlichen Dienst, wo die Frauenquote traditionell schon immer hoch war, die Frauenförderung noch weiter fördern und Vergünstigungen verteilen, die andere Erwerbstätige ihnen schon immer geneidet haben – aber ob sich dieses Modell aufs übrige Wirtschaftsleben übertragen läßt und in dem bisherigen Umfang im öffentlichen Dienst zu erhalten ist, muß bezweifelt werden.[2]

Völlig im dunklen tappen wir aber, wenn es um Mittel und Wege geht, die »Familienarbeit« zwischen den Geschlechtern gerecht aufzuteilen. Wenn es so ist, wie behauptet, daß Familienarbeit Frauen an der zielstrebigen Verfolgung einer Karriere hindert, dann sind Babyjahr, Arbeitsplatzgarantie und neue Rentenformeln für Mütter kaum der richtige Weg, an diesem Skandal etwas zu ändern. Im Grunde müßte man Väter zwingen, ihre Hälfte an der Familienarbeit zu leisten. Nur halb scherzhaft schlug die saarländische Frauenministerin vor, an die Stelle des teuren und ungerechten Ehegattensplitting bei der Besteuerung ein Splitting des Erziehungsurlaubs zu setzen. Anderthalb Jahre soll die Mutter, anderthalb Jahre der Vater Erziehungsdienst leisten. Falls der Mann sich wegen seiner Karriere verweigert, verfällt die Zeit ersatzlos ...[3]

Es ist sonderbar, daß politische Fraktionen, die der neoliberalen Modernisierung der Gesellschaft nichts Gutes abgewinnen können, ihr im Bereich der Politik des Privaten alles Gute zutrauen. Vermutlich haben wir es hier mit einer langen Auswirkung der bedenklichen Devise zu tun, die behauptet hat, daß das Persönliche politisch sei. Wenn das so ist, sinkt natürlich die Hemmschwelle autoritärer Volkspädagogen beträchtlich. Warum soll man die Menschen nicht ein bißchen zum Guten zwingen?

Nun, die Teilung der Familienarbeit zugunsten der weiblichen Karrieren, »oberste Priorität« hin oder her, dürfte aus mehreren Gründen kein zukunftsweisendes Projekt sein. Zwei davon sollen betrachtet werden. Es sieht so aus, als ob Frauen tatsächlich Arbeit als ein »Stück Lebensqualität« werten und auch ohne Not zum Geld verdienen gehen. Diese Neigung erweitert den weiblichen Arbeitsmarkt um Tagesmütter, Erzieherinnen und andere Dienstleistungsberufe, die berufstätigen Müttern und Familienfrauen als »Professionelle« Arbeiten abnehmen, zu denen sie nicht mehr kommen. Vorzugsweise arbeiten alle Frauen, schon gar solche mit kleineren Kindern, aber auch sonst, auf Teilzeitbasis, wenn sie es sich finanziell leisten können. So hat man herausgefunden, daß etwa in Baden-Württemberg die Quote der erwerbstätigen Frauen sehr gestiegen, das von ihnen erbrachte Arbeitsvolumen aber gleichgeblieben ist.[4] Immer wieder rechnen uns brave Frauenpolitikerinnen vor, wie selten Frauen in Spitzenpositionen ankommen, und ziehen daraus Rückschlüsse auf ihre Wichtigkeit und die Hilfsbedürftigkeit der Klientel, die sie vertreten. Kann man nicht auch einmal fragen, ob nicht viele Frauen andere Prioritäten setzen, als die Teilung der Familienarbeit und die Verfolgung einer stromlinienförmigen Berufslaufbahn? Vielleicht sollte man die Gesamtheit der Frauen nicht blindlings für die Interessen einer Minderheit vereinnahmen, die auf mehr weibliche Führungskräfte, Chefdirigentinnen und eine Bundespräsidentin Anspruch zu haben glaubt ... Bemerkenswerter ist die Tatsache, daß außerhäusliche weibliche Berufstätigkeit mit einer Umverteilung und Professionalisierung »genuin« weiblicher Arbeit einhergeht. Allerdings ist in Sozialberufen, noch dazu auf der Basis von Teilzeitarbeit, Geld und Ruhm nicht zu gewinnen. Wenn Frauen trotzdem massenhaft in diese Berufe strömen, dann muß der Gedanke auch einmal erlaubt sein, daß sie hier wiederum andere Prioritäten setzen als die Frauenministerin oder Frauenpolitikerin, die ganz im Geist der Frauenbewegung webt und lebt, und solche Enscheidungen mißbilligt und letztlich aufs Konto patriarchalischer Verblödung setzt, der sich Frauen leider immer noch nicht entziehen können. Vielleicht wäre es gut, wenn man sich einmal an oberflächliche Beobachtungen weiblichen Verhaltens hinsichtlich Erwerbstätigkeit, Teilzeitarbeit und Familienlasten halten und nicht immer gleich grundsätzlich werden müßte.

Es ist aber nicht nur die dumme Empirie, welche die Frauenprojekte gegenwärtiger Frauenpolitik dubios macht. Man ist wirklich schwer konfus. Wie soll Familienarbeit gerecht geteilt werden, wenn Familie so liberal definiert wird wie bei der SPD-

Schattenministerin für Familienpolitik? »Wir wollen nicht die Ehe fördern, wir wollen die Familie und die Kindererziehung fördern.« Familie sei für sie, so Christine Bergmann, »das Zusammenleben von Erwachsenen mit Kindern, egal ob mit oder ohne Trauschein, egal ob alleinerziehende Mutter oder alleinerziehender Vater. Es müßten nicht nur uneheliche Lebensgemeinschaften rechtlich der Ehe gleichgestellt werden, sondern auch homosexuelle Paare. Das sind Lebensgemeinschaften wie andere auch.« Brav, brav, möchte man rufen, was den letzten Punkt betrifft – ansonsten lassen sich nur die Fragezeichen vermehren. Wollen die Paare anerkannt werden, die heute nicht heiraten? Oder ist da etwas im Gange, das wir noch nicht so ganz begriffen haben? Vor hundert Jahren hätte eine undogmatische Anerkennungspolitik verdienstvoll sein können. Da gab es nämlich Eheverhinderungsgesetze en masse, von denen die Unterschicht, speziell Kinder und Frauen, betroffen waren. Heute darf jeder heiraten und die Anerkennung nichtverheirateter Paare mit Kindern hat eher etwas mit Eingemeindung als mit vorurteilsloser Anerkennung zu tun. Wohingegen viele Paare, die nicht zum Standesamt marschiert sind, heute etwas zum Ausdruck bringen, das noch nicht so richtig angekommen ist. Sie selbst wissen es auch nicht. Sie setzen auf echte Gefühle und persönliche, authentische Beziehungen und verachten Gesetze und Rituale, die in ihr Privatleben eingreifen. Eine womöglich gesetzlich geregelte Teilung der Familienarbeit ist nicht das, was sie erstreben. Ihre anti-institutionelle Einstellung allein sollte Frauenpolitikerinnen zur Vorsicht mahnen.

Tut es aber nicht. Wenn Politik für Frauen, scharf an der Empirie vorbei, das ist, was von der Frauenbewegung übriggeblieben ist, dann braucht man sich über ihren dogmatischen Konservatismus nämlich nicht zu wundern. Denn der Abscheu vor der Hausfrauenehe und der »Familienarbeit«, als Abhängigkeit und Unselbständigkeit vom Mann interpretiert, ist mütterliches Erbe gerade der Generation, welche die neue Frauenbewegung in Gang gesetzt hat. Die Gesetzmäßigkeit, mit der bürgerliche Frauen, die zwischen 1900 und 1920 geboren waren und in den entsprechenden Jahren heirateten, dann aus dem Berufsleben ausscheiden, ihr Studium aufgeben und sich Kindern und Küche widmen mußten, wurde in vielen Fällen schmerzlich empfunden und führte in nicht wenigen Fällen zu ewig schwärenden Wunden. Die jungen Frauen von 1968 erbten sie als Auftrag, es einmal besser und ganz anders zu machen. Brave Mädchen, die nichts lieber wollten, als ihre unzufriedenen und ambivalent agierenden Mütter glücklich zu machen, beschlossen also, ihre Weiblichkeit als eine gefährliche Versuchung streng zu kontrollieren. Die Liebe war eine gefährliche Falle, Heirat und Kinderkriegen gar ein schwarzes Loch, in das man besser nicht stürzte. Die »neue« Frauenbewegung von 1968 ist wohl auch deshalb so passé, hat keinen Nachwuchs gebildet und lebt nur in der Politik für Frauen fort, weil sie in erster Linie eine Sache mütterlicher Delegation war, die nicht aufgeklärt und in eine offene Diskussion über die »neue« Frau verwandelt werden konnte. Wenn man heute also über Erwerbsarbeit von Frauen als Lebensqualität und von Familienarbeit als einer endlich zu teilenden Last und Plage redet, wie es die 58jährige Senatorin tut, dann redet man zum guten Teil als Bauchredner einer Müttergeneration und verzichtet auf die eigene Stimme. Die Stimme der Mütter ist laut in der Politik für Frauen, und die Töchter scheinen keine Erfahrungen, gute und schlechte, in den vergangenen dreißig Jahren gemacht zu haben bei der Erfüllung ihres Auftrags.

Die inzwischen ja schon fast konventionelle Männer-, Ehe- und Familienkritik ist ein Echo aus fernen Tagen und führt heute deshalb zu unglaubhaften Wirklichkeitskonstruktionen und schlechten Projekten. Wie zukunftsweisend ist die Überführung der traditionellen Familienpolitik in eine, die konsequent nur die Interessen der Frauen und Kinder berücksichtigen will? Wenn auf ihrem Grund nur die Angst vor Abhängigkeiten in Tauschbeziehungen schwelt, die sich nicht rechnen lassen, schon gar nicht von außenstehenden Unparteiischen, dann ist Skepsis angebracht. So wird heute vielfach die

Abschaffung des Ehegattensplitting zugunsten einer Individualbesteuerung gefordert. Die Berliner Senatorin und Schattenministerin vermutet hinter diesem Steuervorteil für Verheiratete ein »konservatives Familienbild«. Durch das Splitting sollten nicht Ehen gefördert werden, in denen der Mann arbeitet, die Frau aber nicht und Kinder nicht vorhanden seien. Da könne viel Geld gespart (richtiger wohl: eingenommen) werden, wird behauptet – Zahlen aber nicht genannt. Wie viele Frauen gibt es wohl, die sich von ihren berufstätigen Männern als Luxusweibchen aushalten lassen? In der Mehrzahl dürften von der gemeinsamen Steuererklärung Ehepaare profitieren, deren Einkommen sehr unterschiedlich ausfällt, gegenwärtig zum Beispiel solche, in denen ein Ehepartner Teilzeitarbeit verrichtet. Deutlich wird neben dem Affekt gegen die Ehe die Neigung einer fürsorglich-bevormundenden Frauenpolitik, ihre widerstrebende Klientel in Richtung einer lebenslangen Vollzeitkarriere zu drängen, die allenfalls von gut geordneten und geteilten »Kinderjahren« unterbrochen werden sollte. Die Frage ist nicht nur, ob die Arbeit außer Haus für diese einsinnige Gleichstellungspolitik ausreicht und bezahlbar ist; zweifelhaft ist auch, ob alle Frauen sie wollen oder unterhalb der offiziellen Sprachregelungen nicht auch andere Optionen immer noch oder auch wieder zu beobachten sind. Weil diese Politik bislang im Zeichen einer nachholenden Gerechtigkeit zugunsten der Frauen stand und steht, macht sich auch keiner darüber Gedanken, wie sie sich auf die mittelbar betroffene männliche Hälfte der Gesellschaft auswirken könnte. Forderungen und Appelle hier, Einsicht und Schuldgefühle dort dürften wohl nicht hinreichen, um die Umstellung von traditionell männlichen Verantwortungen und Pflichten zu *ihrer* Gleichstellung abzufedern.

Auch deshalb ist die Gleichgültigkeit der Frauenpolitik gegen die Ehe zumindest ein Leichtsinn. Sie war und ist auch heute noch ein Schutzinstitut, nicht nur eine rein private romantische Verbindung. Manches ist gesetzlich geregelt an Verpflichtungen füreinander und auf mutmaßlich lange Zeit, das meiste, deshalb nicht weniger wichtige, nicht. Jedem billig Denkenden leuchtet ja deshalb auch das Verlangen vieler gleichgeschlechtlicher Paare nach ihrem Recht auf Eheschließung ein. Die Schattenministerin spricht zwar nur von »rechtlicher Gleichstellung« mit der Ehe, aber das vermindert die Konfusion, die hier angezettelt wird, nur wenig. Dem Muttererbe treu, ist man zwar ehekritisch, kann aber den Homosexuellen, die in Analogie zu den Frauen als eine diskriminierte Minderheit betrachtet werden, keine Maßnahme verweigern, die diese Diskriminierung abbaut. Nur wer an die mütterliche Erblast denkt, kann nachvollziehen, warum die Abwertung von Familie und Ehe mit der Aufwertung und scheinbar großzügigen Anerkennung von Beziehungen einhergehen soll, die denn doch nichts anderes im Sinn haben, als sich möglichst vor dem Altar und auf dem Standesamt in ebendiese Tradition einzutragen, die sich damit ja auch als erneuerungsfähig und lebendig erweist. Anders und etwas allgemeiner gesagt, nimmt die Frauenpolitik, wie die Frauenbewegung sie uns hinterlassen hat, zwar dauernd zu Beziehungsproblemen zwischen Paaren und Beziehungsaufgaben zwischen Erwachsenen und Kindern, zum ganzen Komplex intimer Sozialität Stellung, ohne dabei aber eine hinreichende Kenntnis von ihm zu verraten.

Wer Erwerbsarbeit als Lebensqualität und Familienarbeit als Plage definiert, muß sich natürlich mit einem Arbeitsmarkt befassen, auf dem auch Millionen Frauen nicht unterkommen. Niemand weiß, wie und wann sich das ändert. Wenn es so sein sollte, daß die Gleichberechtigung der Frau in einem ganz entscheidenden Ausmaß von Berufsarbeit und Karrieremöglichkeiten abhängt, so haben wir es ja gelernt, dann sehen wir finsteren Zeiten entgegen. Gegen solche Angst pfeift sich dann auf entsprechenden Kongressen gern das Liedlein etwa von den »soft skills« der Frauen, die in Zukunft ganz besonders gebraucht werden sollen. »Integrationskraft, kommunikative Fähigkeiten, Entscheidungsfreude, Ergebnisorientierung, Teambewußtsein, Planungssicherheit, Pragmatismus werden in unerwarteter (männlicher) Großmut dem weiblichen Konto gutgeschrieben«, wundert sich eine Zuhörerin.[5] Solche Thesen gedeihen besonders im Umkreis von Managementphilosophen und im Beratungsgewerbe, das in diesen Zeiten eine wirkliche Konjunktur erlebt. Endlos werden arbeitssuchende Frauen nach- und weiterqualifiziert und bieten immerhin so ihren Lehrerinnen Arbeit. Nichts spricht dafür, daß Frauen für die Wirtschaft der Zukunft Fähigkeiten mitbringen, die Männern fremd sind. Und sollten sie Defizite haben, dann kann man sicher sein, daß sie sie im Handumdrehen ausgebügelt haben. Es wird also, statistisch gesehen, wohl beim zweiten Platz des anderen Geschlechts auf dem gesellschaftlichen Siegertreppchen bleiben, und zu seiner Erklärung können wir wieder nur auf die bekannten Handikaps der Frauen verweisen. Neben dem Kinderkriegen und der Familienarbeit, die sie nachweislich fast allein erledigen, könnte man noch auf familienfeindliche Arbeitszeiten, fehlende Tagesschulen und nicht zuletzt auf das fatale Nachwirken der Muttermythologie in den Köpfen der Frauen selbst zu sprechen kommen. Es scheint, daß viele selbst dann, wenn sie nicht nur zur Hebung ihrer Lebensqualität auf Arbeit gehen, ein schlechtes Gewissen dabei haben, wenn sie ihre Kinder irgendwo abgeben. Eine ältere Studie hat herausgefunden, daß die Erzieherinnen in Kindertagesstätten die Selbstkritik der Mütter billigen. Die meisten gaben an, daß sie ihre eigenen Kinder (die sie noch nicht hatten), nicht in so zartem Alter und nicht so viele Stunden fremdunterbringen würden.[6]

Soll man nun darauf hoffen, daß ein Absterben des Müttermythos durch Aufklärung, eine frauen- und kindgerechte Gesellschaftsorientierung und vor allem eine Verpflichtung der Männer zur Hälfte der Familienarbeit endlich einmal Abhilfe schaffen wird? Werden, wenn nicht wir, doch unsere Enkelinnen und weiteren Nachfahren es erleben, daß Frauen chancengleich, ja gleichgestellt sein werden, ob als Individuum oder als Gruppe? Eine Frauenpolitik, die nun auch nicht mehr taufrisch ist und den referierten Zielen und Realitätsdeutungen gefolgt ist, hat auf vielen Wegen nur enttäuschende Ergebnisse erreicht. Vielleicht ist das Ziel falsch und gehört als allzu brav angetretenes Muttererbe ausgeschlagen? Vielleicht ist es auch zu bescheiden? Das sind aber Spekulationen, denn immerhin enthält die Gleichstellung die Idee einer gesteigerten Gerechtigkeit, der man sich nicht leicht versagt. Andererseits ist das Scheitern einer Politik doch einmal erklärungsbedürftig, die nur mit zwei Optionen arbeitet, welche zudem noch über Kreuz laufen. Einerseits will man von Geschlechtsunterschieden, seien sie physisch, psychisch, historisch oder sozial »bedingt«, nichts wissen und gräbt unter dem Haufen falscher Attribute nach dem Menschen. Andererseits klammert man sich an die Frauen als das hilfs- und nachhilfebedürftige Geschlecht mit einer Verbissenheit, die man nicht nur mit inzwischen gewachsenen Interessen der Frauenlobby erklären kann. Das Frauenbild der Frauenbewegung und heutiger Frauenpolitik enthält so viele geschwärzte Stellen, soviel an verleugneter Wirklichkeit, daß jede, die hier mitmacht oder sich gar engagieren will, ein sacrificium intellectus erbringen muß, wenn sie nicht ein Talent zum Fanatismus mitbringt. Nach innen, gegenüber ihrer mutmaßlichen Klientel, tritt Frauenpolitik autoritär und bevormundend auf, nach außen herrscht der Stil einer larmoyanten Aggressivität vor, die niemanden beeindruckt, aber viele abstößt.

Als die Berliner Senatorin Bergmann, deren Äußerungen hier stellvertretend für die frauenpolitische Einschätzung von Ehe, Familie und Arbeit betrachtet wurden, von Gerhard Schröder als Schattenministerin vorgestellt wurde, tat er das mit den Worten: »Sie ist zuständig für Frauen und das ganze andere Gedöns.« Wie Bergmann, eine promovierte Pharmazeutin aus der ehemaligen DDR, auf diese flapsigen Worte reagiert hat, ist nicht überliefert. Hat sie die Zähne zusammengebissen und sich ihr Teil gedacht? Zum Beispiel, daß eine Frauenpolitikerin eben Kröten schlucken muß und eine Männergesellschaft sich auch in die eigene Partei erstreckt? Es ist eine bewährte Methode im modernen Patriarchat, Männer für alles verantwortlich zu machen – und seltsamerweise lehnen Männer das nicht ab. Es wäre vermutlich ein Leichtes, Schröder zu einer Entschuldigung, sprich »Richtigstellung« zu motivieren. Des langen und breiten ließe er sich dann über die gesellschaftliche Schuld aus, die an Frauen immer noch abzutragen sei – no problem! Geht es um Frauenpolitik, haben wir es mit einer spezifischen Kombination von Entgegenkommen, Willfährigkeit und ironischer Herablassung zu tun. Sie wird nicht ernst genommen bei Männern, und Frauen melden in der Regel schon Bedenken an, ehe sie Sympathie bekunden. Vielleicht ließe sich diese Behauptung noch präzisieren: Männer folgen dem Modell des Minnedienstes,und das heißt praktisch einer Strategie der Nichteinmischung, auch einmal unqualifizierter, einfacher Bejahung. Der Politik für Frauen fehlt also, allen Reden von der Männergesellschaft, der Männerkultur oder verschwörerischen Netzwerken zum Trotz, der Gegner. Inzwischen forscht man aber nach ihm – sonderbarerweise gerade dort, wo Frauen nicht nur generell überproportional vertreten, sondern auch seit langem hinsichtlich ihrer Karriere auch gefördert werden, im öffentlichen Dienst. Erfolge von Frauen und für Frauen lassen sich, so wie die heutige Frauenpolitik konstruiert ist, eben nur an den Reaktionen des Gegners ablesen. Wenn die Statistik des öffentlichen Dienstes den Frauen schon ihre Gunst schenkt, dann kann man immer noch ergründen, ob Männer nicht bloß Lippenbekenntnisse zur Frauenförderung ablegen, sondern ob sie auch im Herzen oder im Unbewußten wahrhaft Geläuterte sind: »Wie kommt Frauenförderung bei den Männern an? Um das herauszufinden, führten die Sozialwissenschaftler Höyng und Puchert Tiefeninterviews mit 50 männlichen Mitarbeitern der Berliner Senatsverwaltungen für Arbeit und Frauen sowie für Stadtentwicklung und Umweltschutz. Überraschendes Ergebnis: Die Befragten beurteilten durchgängig Gleichstellung positiv, es fand sich kein einziger Gegner von Frauenförderung. Aber es fanden sich zahlreiche Männer, die die Diskriminierung von Frauen in ihrem Arbeitsumfeld schlicht negierten.«[7] Hier müßte man die Forscher fragen, ob sie inzwischen im Besitz eines geeichten Diskriminierungsbarometers für alle Umfelder verfügen oder ob sie sich überhaupt ein frauendiskriminierungsfreies Umfeld heute oder in Zukunft vorstellen können. Wer in der frauenpolitischen Rabulistik noch nicht so bewandert ist, könnte auch ganz naiv bemerken, daß man nicht negieren kann, was vielleicht auch nicht da ist. Anders unsere überlegenen Forscher, Männer, wie beiläufig die meisten derer, die in den vergangenen Jahren und Jahrzehnten sich die Beschwerden der Frauen zu Herzen genommen und in Gesetze und Projekte umgegossen haben. »Interessengeleitete Nichtwahrnehmung nannten die Forscher dieses Phänomen (negierter Diskriminierung im Umfeld). Ergebnis laut Puchert: ›Eine Kultur, wo Männer gar nichts mehr dafür tun müssen, daß Frauen an den Rand gedrängt werden.‹ Zudem gebe es nach wie vor Männerbünde in modernem Gewand, die den Aufstieg von Frauen verhinderten.«

Am Ende die bohrende Frage: »Wie kann diese Männerkultur verändert werden? Über eine Reduzierung der Arbeitszeit von Männern im Zuge der Verwaltungsreform, schlagen die Forscher vor.« Es folgt das Beispiel einer Gruppe von öffentlichen Bediensteten, die zugunsten eines Arbeitsplatzes für eine Kollegin auf Geld und Arbeit verzichtet und dafür mehr Freizeit eingetauscht hatten. Vermutlich lassen sich außerhalb des öffentlichen Dienstes solche Idyllen selten inszenieren, und auch innerhalb ist die Bereitschaft gering, wie die Erfahrung mit der Lehrerschaft zeigt, die selten bereit ist, zugunsten junger Lehrer auf irgend etwas zu verzichten.

Vermutlich ist der Appell zum Sparen und Verzichten noch nie zukunftsweisend gewesen. Eine Veränderung der Männerkultur durch Frauenpolitik wird wohl kaum stattfinden, wenn man, drastisch gesprochen, Männer auffordert, den Schwanz einzuziehen, mit halber Kraft zu fahren und sich an einer Last zu beteiligen, die Frauen angeblich mit Unlust tragen. Vermutlich hört Diskriminierung auf, ein tragfähiges Konzept zu sein, wenn es mit Tiefeninterviews subtilisiert werden muß. Und für Frauen im Erwerbsleben, die von solcherart unbewußter Diskriminierung durch förderungsbereite Männer betroffen sein sollten, gilt dann auch einmal das Sprichwort, daß man Hunde nicht zum Jagen tragen sollte ...

5
Die Unvereinbarkeitsproblematik: Mutter und Moderne

Die Geschichten von Nina Schmitz (35) und Diana Holzhüter (23), beide Berliner Mütter von vier nichtehelichen Kindern, beide bestreiten den Lebensunterhalt ihrer Familie vorwiegend (Diana) oder ausschließlich (Nina) mit sozialstaatlichen Leistungen, und das schon über eine ganze Reihe von Jahren, dürften in Großbritannien oder den Vereinigten Staaten zwiespältiger aufgenommen werden als bei uns.[1] Dort vermutet man Zusammenhänge zwischen dem Schrumpfen des Arbeitsmarkts für wenig qualifizierte Arbeitskräfte und hohen Kriminalitätsraten bei Männern, aber auch solche zwischen wohlfahrtlicher Großzügigkeit, väterlicher Verantwortungslosigkeit und einer enormen Rate illegitimer Geburten. Das Phänomen von Müttern im Teenageralter, ohne Schulabschluß und Berufsperspektiven beunruhigt auch im Hinblick auf das Schicksal ihrer Kinder, die aus dem Zirkel von ökonomischem Stress, familiärer Insuffizienz, Unbildung und Abhängigkeit, in den ihre Mütter geraten sind, selbst auch schwer herausfinden.

Werden bei uns hin und wieder, um die Kinderfeindlichkeit der Gesellschaft und die verdeckte soziale Not zu dokumentieren, Schreckensmeldungen verbreitet, wonach etwa jedes siebte Kind von Sozialhilfe abhängig sein soll, so hören wir aus den Vereinigten Staaten, daß dort etwa 25 Prozent aller Kinder in irgendeiner Weise von öffentlichen Zuwendungen profitieren. Diese Quote liegt bei »African Americans« bei 66, in den

Innenstädten nordamerikanischer Großstädte generell über 50 Prozent. Etwa so hoch ist der Anteil von Kindern, die in unvollständigen Familien heranwachsen – auch hier gibt der hohe Anteil schwarzer Kinder Anlaß zu vielen Debatten.[2] Während einige wenige die Idee der niedrigeren schwarzen Intelligenz aufwärmen, die im nachhinein ja auch die Sklaverei rechtfertigen könnte, mit der sich das Land der Tapferen und Freien belastet hat, vermutet man von neoliberaler Seite destruktive Effekte des Wohlfahrtsstaates auf die moralischen und institutionellen Säulen der Gesellschaft. Statt Gutes zu wirken, leistet der teure Sozialstaat dem Abbau individueller Verantwortung Vorschub, provoziert Männer geradezu, sich um ihre Familien nicht zu kümmern und Mütter wiederum dazu, sich darum nicht zu scheren. Kraß gesagt, provoziert er Verhältnisse, die abzuschaffen er angetreten ist, in zunehmendem Maß selber.

Die Geschichten von Nina Schmitz und Diana Holzhüter will ich ausdrücklich nicht im Kontext der neoliberalen Sozialstaatskritik analysieren. Was auch immer in Sozialämtern in Berlin, Leipzig oder Anklam und Baunatal an verschuldeter oder unverschuldeter Not anfallen mag, von Verhältnissen wie in manchen Distrikten von New York, Chicago oder Milwaukee sind wir doch weit entfernt. Vielleicht ist es aber auch nur noch eine Frage der Zeit, bis die Finanznot der Kommunen ganz nach dem Vorbild der Behandlung des Problems der Flüchtlinge und Asylbewerber dazu führt, daß die recht annehmbare Alimentierung von Frauen wie Nina Schmitz und Diana Holzhüter und ihrer vier Söhne und Töchter in Frage gestellt wird. Noch ist es nicht so weit, und deshalb können wir es uns leisten, ihr Verhalten anders zu erörtern als mit dem Sparstift in der Hand und eingeklemmt zwischen ideologischen Fronten, wo man nur noch die Wahl zwischen der rückhaltlosen Anerkennung dieser Mütter oder ihrer Verurteilung hat.

Soweit ich sehe, überwiegt in den Vereinigten Staaten die Kritik in der einen oder anderen Form. Daß Kinder auf dem

Umweg über die Wohlfahrt Geld einbringen, ist aber der einzige Versuch, sich die Tatsache zu erklären, warum viele Frauen oder sogar Teenager diesen Weg gehen. Man tut gern so, als träfen sie eine rationale Wahl und gingen den bequemsten Weg, den ihnen das Sozialsystem nahelegt. Wäre diese Vernunft tatsächlich im Spiel, müßten sich die amerikanischen Mütter, ganz genauso wie die hiesigen, anders entscheiden. Kein Geld vom Amt, wie großzügig auch immer verteilt, reicht aus, um die tatsächlichen Kosten zu decken, die sowohl kurz- als langfristig bei Kindern anfallen. Das fängt mit der körperlichen Verausgabung durch Schwangerschaft und Geburt an und hört mit unterbrochenem Nachtschlaf, Mobilitätseinbußen bei Tag noch längst nicht auf. Kinder rechnen sich auf keinen Fall, selbst wenn das Amt viel zahlt und die Erziehungsanstrengungen der Mutter sich auf die Grenze zur Vernachlässigung zubewegen sollten. Wie teuer Kinder sind, wird ja auch sonst gern ausgerechnet, wobei der Skandal darin bestehen soll, daß hier private Investitionen (sprich elterliche Opfer) in die Zukunft nicht den Investoren alllein zugute kommen, sondern auch denen, die nichts investiert (sprich Opfer verweigert) haben. Manchen ist ja vielleicht noch bewußt, daß das Argument mit der Deckungslücke zwischen privaten Investitionen in öffentliche Kinder und gesellschaftlicher Honorierung ein rein strategisches Argument ist, andere glauben es tatsächlich. Mir scheint, daß Kinder in der gesellschaftlichen Ökonomie keinen Platz haben und deshalb auch nicht im Ernst in einer individuellen Ökonomie verrechnet werden können, die sich auf letztere bezieht. Hier stoßen je länger, je deutlicher zwei Systeme aufeinander, die keinen gemeinsamen Nenner mehr haben. Hätten sie ihn, dann müßten wir nicht nur fragen, ob genug für Alleinerziehende und ihre Kinder (früher: ledige Mütter, uneheliche Kinder) getan wird, sondern wir dürften auch fragen, welche Verantwortung für sich die künftige oder gegenwärtige Alleinerziehende übernimmt. Es ist ja nun schon lange nicht mehr so, daß eine Schwangerschaft zum unvermeidlichen Risiko jedes Liebeslebens gehört, das bis vor wenigen Jahrzehnten zudem noch völlig der patriarchalischen Doppelmoral unterworfen war – zu Lasten der Mütter und Kinder. Der Kampf für die Abschaffung des § 218 war – dieser Gedanke scheint sehr in den Hintergrund gedrängt – schließlich auch ein Kampf, der für die weibliche Autonomie geführt worden ist. Vielleicht wollen viele sie gar nicht so leben, wie sie einmal konzipiert war: Sie behalten sich zwar die Entscheidung über eine Schwangerschaft vor, rechnen aber mit einem geradezu archaischen Vertrauen darauf, bei einer Entscheidung für die Mutterrolle Ansprüche zu haben, für deren Einlösung andere zuständig sind. Aus den alten Tragödien verführter Mädchen und unehelicher Mütter werden frauenpolitische Melodramen.Keinem Mann, keinem Verführer, keiner heuchlerischen Gesellschaft wird der Prozeß gemacht, sondern dem Staat, der weibliche Leistungen weder genügend anerkennt noch Leistungen, verstanden als Lasten, gerechter verteilt. Betrachtet man Kinder als eine persönliche Option, wofür unter den angedeuteten Umständen doch viel spricht, ist das Lamento nicht recht überzeugend.

Betrachten wir Diana Holzhüter und Nina Schmitz einmal genauer, so wie eine wohlwollende Berichterstattung sie uns jedenfalls präsentiert. Diana, wird erzählt, ist mit 16 Jahren zum ersten Mal schwanger geworden. Der Vater (von einer Mutter ist nicht die Rede) will sie zu einer Abtreibung überreden, aber Diana lehnt das ab, obgleich eine Ausbildung zur Wirtschaftsleiterin auf dem Spiel steht. »Doch Diana Holzhüter trug das Kind aus und wurde bald darauf wieder schwanger«, fährt der Text fort und gerät immer tiefer in das sentimentale Fahrwasser, in dem ein mutiges Mädchen, eine tapfere Mutter, die sich für ihre Kinder aufopfert, mit widrigen Schicksalsschlägen fertig wird, dahinsegelt. Der Zwischentitel lautet: »Kinder statt Karriere«. Das zweite Kind kommt also mit achtzehn, und nun muß Diana die Lehre abbrechen. Aber auch mit zwei so kleinen Mädchen hält Diana an der Aufgabe fest, für ihre Kinder und sich selbst zu sorgen. Züge von Aufopferung und Leiden gar sind jetzt nicht mehr zu übersehen, ob von der Warte der Zeitung, die Dianas Geschichte für ihren weihnachtlichen Kalender ausgewählt hat, oder von der jungen Frau, muß dahingestellt bleiben. Also Abbruch der sich entwickelnden Karriere als Hotelfachfrau und dafür ein Job als Serviererin. Weil sie dabei 25 Kilo schwere Tabletts tragen mußte, litten Hüften und Bandscheiben so sehr, daß sie diese Arbeit aufgeben mußte. Inzwischen war sie wieder schwanger, die dritte Tochter kommt zur Welt, als sie neunzehn ist. Die vierte ist Ende 1996 acht Monate alt.

Vertrauen wir dem Text und verschieben wir die Fragen auf später. Eine gute Mutter erkennen wir daran, daß sie viel Mutterliebe hat, keins ihrer Kinder missen will und schwere Opfer, die ihr das Leben abverlangt, deshalb auch eigentlich keine sind. Gewiß könnte sie jetzt irgendwo Küchenchefin sein oder Hotellehrlinge ausbilden; gewiß, Reisen in die Karibik, wie sie manche Freundin macht, stehen nicht zur Debatte. Dennoch ist sie selbst zufrieden, äußert einen Wunsch nur zugunsten ihrer Mädchen. Wenn es nicht einmal für Winterkleidung reicht, dann erst recht nicht für Barbiepuppen und Gesellschaftsspiele, die sie ihren Kindern zu Weihnachten doch gern unter den Baum legen möchte.

Wenn ihre jüngste Tochter größer ist, dann will Diana Holzhüter auch wieder berufstätig werden, vielleicht in der häuslichen Pflege. Damit soll dem Leser wohl noch klargemacht werden, daß diese junge Mutter von vier Töchtern eine im Grunde emanzipierte Frau ist, die die Abhängigkeit von der Sozialhilfe ihrer Töchter wegen zwar nicht umgehen konnte, der sie aber eigentlich doch ein Greuel ist. Eine schöne Geschichte, in der das Hohelied der alleinerziehenden Mutter gesungen wird, die heute ja nicht mehr diskriminiert, sondern ruhig ein bißchen idealisiert werden soll. Hier ist des Guten aber doch zuviel getan worden, so daß die Geschichte schon fast satirische und parodistische Züge gewinnt. Von einem oder mehreren Vätern für die Mädchen ist mit keiner Silbe die Rede, so daß der Eindruck entsteht, Diana Holzhüter sei nicht nur einmal, sondern viermal wie die sprichwörtliche Jungfrau zum Kinde gekommen. Haben die Männer sie verführt, falsche Versprechungen gemacht und sie dann mit den Kindern sitzen lassen? Und fragen die Mädchen nicht nach einem Vater, den sie doch so gut wie andere haben müssen und der ja nicht gestorben ist und Diana zur alleinerziehenden Witwe gemacht hat?

Auch wenn ich natürlich Beweise schuldig bleiben muß, vermute ich in der Geschichte dieser jungen Mutter andere Kräfte am Werk als die genannten Schicksalsverflechtungen. Vielleicht hat sie schnell gemerkt, darf es aber nie laut sagen, die Reporterin würde es vielleicht auch geflissentlich überhören, daß die Pflege und Erziehung kleiner Kinder sie weit mehr befriedigt und glücklicher macht als die Arbeit in einem Hotel, noch dazu als Azubi. Ein gesundes und hübsches Kind nach dem andern zur Welt zu bringen brauchte sie nicht zu lernen, sowenig wie die Rolle einer kinderlieben Frau, die wenig Geld hat, aber in ihren vier Wänden doch schalten und walten kann wie nur je ein Chef. Ich bin sicher, daß sie sich um die Väter der Kinder bemüht hat, aber teils bei ihnen mit ihrem »Kindertick« wenig Resonanz fand, teils aber auch feststellen mußte, daß sie ihr Reich nur ungern teilen würde ...

Mancher, der ihre Geschichte liest, könnte Diana Holzhüter unter der Überschrift ablegen, daß sie eben zu den Fällen gehört, für die die Sozialarbeit erfunden worden ist. Sicher ist sie als 18jährige Mutter zweier Kleinkinder beraten und betreut worden; an Hilfsangeboten dürfte auch später kein Mangel geherrscht haben – bloß fühlte sich die Sozialhilfeempfängerin gar nicht hilfsbedürftig. Bleibt als letzte Vermutung, daß sie auch ein bißchen dumm ist und es sich deshalb auf ihren Mutterlorbeeren bequem gemacht hat.

Daß man es sich so einfach nicht machen kann, mag nun die Geschichte von Nina Schmitz erklären, die erstaunliche Parallelen aufweist, aber von einer Frau von ganz anderem Zuschnitt handelt. Sie hat vier Söhne, zwischen sieben und einem Jahr alt. Mit dem Vater der jüngsten Zwillinge, einem Ägypter, der erst seit neuestem eine Arbeitserlaubnis hat, lebt sie zusammen. Im übrigen bestreitet sie seit sieben Jahren, seit der Geburt ihres ersten Kindes, aus Überzeugung, ihren Unterhalt und den der Kinder aus den Kassen des Sozialamts. Nach der Ausbildung zur Rechtsanwaltsgehilfin, die sie schon mit dem Hintergedanken begonnen und abgeschlossen hatte, daß sie einen soliden Brotberuf brauchte, um vielleicht sich und eventuell auch Kinder allein und ohne Mann durchbringen zu können, begann sie eine Ausbildung zur Sozialarbeiterin. Während der letzten Monate ihres Anerkennungsjahrs wurde sie plötzlich schwanger, und nun häuften sich auch bei Nina Schmitz die Zufälle und kleinen Schicksalsschläge, die uns schon von Diana Holzhüter bekannt sind. Anders als diese ist Nina Schmitz aber zum Zeitpunkt der ersten Schwangerschaft nicht 16, sondern 27 Jahre alt, und von Naivität, Ungeschick und Unbildung kann bei der studierten Sozialpädagogin keine Rede sein.

Was sind das nun für Schicksalsschläge, welche sie zur alleinerziehenden Mutter, aber auch zur Sozialhilfeempfängerin machen? Ein Schicksal, dessen Härten die Zeitung anteilnehmend in den Vordergrund stellt: Wieder eine Mutter, die den Stand durch Liebe und Opfer adelt. Von vornherein war der gewissermaßen von ihrer Schwangerschaft überraschten Nina Schmitz klar, daß sie ihr Kind allein großziehen müßte, schlimmer noch, der Vater ihres Ältesten zahlt nicht einmal den vorgeschriebenen Unterhalt. Zu Anfang bekam sie noch Arbeitslosengeld, dann Sozialhilfe. Eigentlich wollte sie ja arbeiten gehen, aber sie fand keinen Kindergartenplatz für Tom. Als sie ihn hatte, wollte das Kind dort nicht bleiben. Mit viel Mühe trainiert sie ihn, so daß er wenigstens vier Stunden am Tag in einem Kinderladen untergebracht werden kann. Sie findet eine Halbtagsstelle in einer Anwaltskanzlei – da, eine Stunde, bevor sie den Vertrag dort unterschreibt, erfährt sie, daß sie wieder schwanger ist ... Gianni ist heute drei Jahre alt. Auch sein Vater ist nicht willens oder nicht fähig, für ihn Unterhalt zu zahlen. Das Jugendamt springt bei Tom und Gianni mit sogenannten Unterhaltsvorschüssen ein. Nina Schmitz bleibt zu Hause und widmet sich ihren Kindern. »Eigentlich wünschen sich konservative Familienpolitiker Frauen wie sie. Sie hat sich bewußt für ihre Kinder entschieden. Sie will in den ersten Lebensjahren für sie da sein. Sie beansprucht bis jetzt keinen Arbeitsplatz außer dem häuslichen. Doch Tom und Gianni hat sie allein aufgezogen. Damit wurde Nina Schmitz zum Sozialfall«, versucht die Zeitung die vertrackte Situation in den Griff zu bekommen. Sie ist ja inzwischen durch die Geburt der Zwillinge und den Einzug ihres Vaters, eines Ägypters ohne Arbeitserlaubnis, bis dato nicht einfacher geworden. Die sechs Personen in der Dreizimmerwohnung – die Miete zahlt das Amt – müssen mit 3300 Mark auskommen, die sich zu drei Vierteln aus Erziehungsgeld, Kindergeld und Unterhaltszahlungen zusammensetzen. Das hört sich zwar nicht so schlecht an; weil die Familie in einer Notsituation sich Geld leihen mußte, das jetzt zurückzuzahlen ist, bleiben von den 3300 Mark zur Zeit aber nur 2200 übrig. Davon wiederum muß man 800 Mark abrechnen, die für fixe Kosten verplant sind, darunter Hort- und Kindergartengebühren. Bleiben 1400, von denen sie alles andere bezahlen müssen.

Unter diesen Umständen muß an allen Enden geknapst werden. Nina Schmitz selbst scheint nichts zu entbehren, weiß aber, daß ein Schatten auf die Gegenwart und die Zukunft der vier Söhne fällt. Sie müssen mit dem Gefühl leben, andern gegenüber benachteiligt zu sein. Der Älteste wollte neulich nicht auf den Fasching, weil er glaubte, beim Wettbewerb um das schönste Kostüm nicht mithalten zu können. Die Mutter glaubt auch nicht, daß sie später einmal allen vieren wird eine Ausbildung finanzieren können. Trotz alledem ist nicht Geldmangel das Problem, das Nina Schmitz zu schaffen macht. Was sie wirklich vermißt, faßt sie in einem Wort zusammen: Respekt.

Als sie wegen des ältesten Kindes zum Sozialamt gehen mußte, war man sehr nett zu ihr. Beim zweiten spürte sie »deutliche Mißbilligung«. Mit den Zwillingen vollends hat man ihr das Gefühl vermittelt: »Mit vier Kindern bist du asozial.« Ihr Leben ist zum Kampf geworden, nicht zuletzt um die eigene Würde. Von Amts wegen, um dem Mißbrauch der Sozialhilfe vorzubeugen, mißtraut man ihr. Ehe sie neue Möbel bekommt oder eine Waschmaschine, vergehen Monate, und ein Sozialarbeiter hat das Recht darauf, ihre Wohnung zu inspizieren. Ein- oder zweimal im Monat muß sie aufs Sozialamt, die Zwillinge im Schlepptau, und dort stundenlang auf verqualmten Fluren warten, um endlich ihr Geld in Empfang zu nehmen. Das Amt hat auch das Recht, jederzeit ihr Girokonto zu überprüfen; Vermögen, auch nicht in Gestalt eines praktischen Autos, darf sie nicht besitzen. Hat Nina Schmitz Mißbilligung, Mißtrauen und Kontrolle verdient? »Was sie sich wünscht, ist eine Gemeinschaft, in der ihre Arbeit als Arbeit anerkannt und bezahlt wird.«

Nach dieser Auffassung wäre »Mutter« – nicht uninteressant bei der Entwicklung des Arbeitsmarkts – der Arbeitsplatz, den Frauen aus eigener Initiative einrichten und auch ausfüllen. Nehme ich den Gedanken in all seiner Radikalität einmal ernst und lasse die Verwässerungen, die seit Jahren in der Sozialpolitik in kleine Hilfsmaßnahmen zugunsten von Müttern umgesetzt werden, außen vor. Da stellt sich zuerst die Frage, ob die neuen Arbeitsplätze, »Mütter«, sich durchsetzen können; das hängt schließlich von der Nachfrage nach ihrem Produkt ab. Wie viele Kinder braucht die Gesellschaft, die Rentenversicherung, die Wirtschaft, gar Deutschland? Die zweite Frage wird sich auf Dauer auch nicht vermeiden lassen: Sind alle Frauen gleichermaßen befähigt, diesen Arbeitsplatz Mutter auszufüllen, oder muß ausgewählt, ausgebildet und geprüft werden? Drittens schließlich wird mehr, nicht weniger Kontrolle mit der Anerkennung der Mutter als Arbeitsplatz verbunden sein; denn die gute oder schlechte Qualität ihrer Produkte kann ja nicht ohne Einfluß auf das Gehalt bleiben. Der einen oder anderen Mutter wird man wohl ihre Lizenz entziehen müssen ...

Anders gesagt, scheint mir der kurzfristige politische Gewinn, welcher mit der ökonomischen Interpretation des Kinderkriegens und Kinderhabens verbunden war, (und noch ist), mit großen Gedankenlücken und Wahrnehmungsdefiziten teuer erkauft. Im Grunde ist sie auch nicht so modern, wie sie tut, sondern greift auf vormoderne, ja archaisch anmutende Gefühlsbestände zurück. Wie lange ist es her, daß Frauen, wie man später polemisch sagte, als »Gebärmaschinen« Dienst tun mußten und viele Kinder als Erben, Arbeitskräfte usw. usf. ein schätzenswertes Gut waren? Auch heute noch gibt es genug Gegenden auf der Welt, wo Frauen keine Wahl haben, andererseits dann als Mütter die Anerkennung ihrer Gemeinschaft genießen, ja, nur als Mütter. Sie erfüllen ihr Frauenschicksal und haben gerade in patriarchalischen Gesellschaften darüber hinaus auch Ansprüche, zusammen mit ihren Kindern beschützt und versorgt zu werden. Ob Diana Holzhüter in eine solche Welt nicht besser passen würde und Nina Schmitz nicht auch von solchen Verhältnissen träumt, ohne es zu wissen? Jedenfalls verhalten sie sich, als ob Frauen fraglos für Kinder zuständig wären, deren Subsistenz, zusammen mit der eigenen, dem männlichen Teil obliegt. An die Stelle des Patriarchats, darunter auch der Erzeuger der Kinder, ist heute der Sozialstaat getreten, der Erzeuger ist eine abgekoppelte, in unseren Fällen blasse Funktion. Auch dieser Ausfall des Paares mit seiner Liebe und möglichen Liebesenttäuschung ist nicht modern, sondern erinnert an Verhältnisse, in denen die Ehe der Fortpflanzung im Rahmen größerer Gruppen, von Clans oder Stämmen, und nicht der persönlichen Erfüllung in der Kleinfamilie diente. Die engste Beziehung hatte eine Frau zu ihren Kindern, vielleicht zum ältesten Sohn und nicht zum Ehemann, wie heute gefordert wird. Sexualität war Mittel zum Zweck, kein Ziel an sich.

Unsere beiden Alleinerziehenden, zwei Frauen aus meiner Sicht mit einem keineswegs abstoßenden Kindertick, können nicht anders, denn sich als wackere, von diversen Zufällen und Schicksalsschlägen in die Bredouille gebrachte, aber sonst ganz moderne Frauen darzustellen. Selbstverständlich plant am Ende des Artikels über Nina Schmitz auch diese wieder, in ihren Beruf als Sozialarbeiterin zurückzugehen. Erwerbsarbeit ist der Königsweg zur Emanzipation, haben wir gelernt, und die Frauenpolitik bemüht sich nach Kräften, die Familienarbeit aufzuwerten, indem sie sie der Erwerbsarbeit angleicht, wenigstens in den theoretischen Konstruktionen der Gleichstellungspolitik.

Konservative Familienpolitiker hätten weder an Diana Holzhüter noch an Nina Schmitz große Freude. Gewiß, die Mütter stehen zu ihren Kindern, an Abtreibung hat keine gedacht, aber leider eben auch nicht daran, daß man sich Kinder nur mit einem Mann zusammen leisten sollte. Moderne Interpreten heben darauf ab, daß eben immer noch die Frauen die Kinder kriegen und die Männer sich ihrer Verantwortung und natürlich auch ihrer Familienarbeit entziehen können. Wäre das anders, könnte Diana Holzhüter Wirtschaftsleiterin, Nina Schmitz sonst was sein, Geld hätten sie auch. Vor die Wahl gestellt zwischen Mutter und Moderne – und das ist eine Wahl –, haben sie sich aber beide, so gut es ging, für die Mutter entschieden. Es war eine Wahl und kein Schicksal, das über sie hereingebrochen ist. Mit diesem Wahlrecht hat erst die Moderne die Frauen privilegiert – es als historische Last und Fluch zu deuten, führt bloß in die Irre, stiftet Verwirrung in den Köpfen der Politiker und der Frauen selber. Sich darüber zu beklagen, daß nur Frauen zugemutet wird, die Wahl zwischen Kind und Karriere zu treffen oder schmerzliche Kompromisse zu schließen, unter denen beide leiden, ist falsch; denn Männer haben diese Wahl im eigentlichen Sinn nicht und bleiben, falls sie doch einmal ein Erziehungsjahr ableisten möchten, auf eine Frau angewiesen ...

6

Frauen machen sauber – Männer machen Schmutz

Zu den wirklich originellen Forderungen der neuen Frauenbewegung gehört die nach der Abschaffung der geschlechtsspezifischen Arbeitsteilung, die hinsichtlich der sogenannten Reproduktionssphäre, heute hat sich der Ausdruck »Familienarbeit« durchgesetzt, noch gar keine ist, weil Frauen sie so gut wie allein verrichten.[1] Niemand kann bestreiten, daß diese Forderung sehr vernünftig ist, zumal da ja längst die meisten Lebensgefährtinnen, Ehefrauen oder Mütter ebenso berufstätig sind wie der dazugehörige Mann. Und sind sie es nicht, dann wollen sie es sein oder sollten es nach der Überzeugung fortschrittlicher Frauenpolitik endlich werden. Die Frage ist jetzt nur, ob diese originelle und vernünftige Forderung von den empirischen Frauen wirklich vertreten oder ob sie nicht nur immer wieder zur häuslichen Erziehung asozialer Männer eingesetzt wird, die zu Hause ihre gemütliche Freizeit verbringen wollen. Da kann es wirklich nicht schaden, wenn öfter darauf hingewiesen wird, daß die Selbstverständlichkeit, mit der Frauen kochen, putzen, einkaufen und waschen und auch sonst an alle möglichen Annehmlichkeiten denken, eben beileibe keine ist. Auch diesen Frauen, denen vielleicht an einer gerechten Aufteilung der Hausarbeit und einer Teilung ihrer häuslichen Herrschaft gar nicht so viel gelegen ist, kommen die zu diesem Problem öffentlich angestellten Debatten und die schlagende Beweisführung aus Umfrageforschung und differenzierteren Zeitbudgetstudien auf Umwegen zugute. Schwarz auf weiß können sie dem parasitären Wesen an ihrer Seite den Wert und den Umfang ihrer Arbeit vorführen, wann immer sie wollen. Den anderen, deren wohlverstandene Interessen eine fürsorgliche Frauenpolitik vertritt, bleibt die bittere Einsicht: »Die Teilung der Hausarbeit zwischen Mann und Frau ist eine Utopie geblieben.« Wenn Frauen sich aus der Hausarbeit zurückziehen, dann heißt das heute nur, daß andere Frauen mit ungesicherter Schwarzarbeit nachrücken. Die Hoffnung, daß sich diese Jobs in privaten Haushalten irgendwie in legale Beschäftigungsverhältnisse verwandeln ließen, ist eitel. Was bleibt also, um möglichst allen ihren Anteil am begehrten Kuchen bezahlter und versicherter Erwerbsarbeit vorzulegen und endlich anderswo die Männer in die Pflicht zu nehmen? »Aus frauenpolitischer Sicht hilft nur ein Weg aus der Krise: Die radikale Reduzierung der Erwerbsarbeit und die gnadenlose Teilung der Privatarbeit. Jede und jeder arbeitet 25 Stunden in seinem Beruf und zu Hause.«[2] Da an die Einführung von Stechuhren nicht gedacht ist, kann man nur hoffen, daß Frauen dann zu Hause von Überstunden absehen und Männer sich nicht einfach krank melden.

Neben diesem vernünftigen, aber doch sehr radikalen Vorschlag gibt es noch andere, die mit Zeichensetzung die geschlechtsspezifische Arbeitsteilung gewissermaßen in die Illegalität treiben wollen. Aus der SPD kommt der Vorschlag, den § 1356 des Bürgerlichen Gesetzbuches zu ändern. Dort heißt es bisher: »Die Ehegatten regeln die Haushaltsführung im gegenseitigen Einvernehmen.«[3] Es könnte aber richtiger heißen: »Die Führung des Haushalts, die Erziehung der Kinder und die Pflege ist gemeinsame Aufgabe der Ehegatten.« Zu ergänzen wäre aus meiner Sicht: »Für gleichgestellte nichteheliche Lebensgemeinschaften gilt dasselbe.« Den zahlreichen Alleinerziehenden, meist ja Frauen, könnte eine männliche Hilfskraft zugeordnet werden, ein Reproduktionszivi sozusagen, einer, der sich aus Furcht und Abscheu vor dem Abwasch nicht unmittelbar an dem Projekt der Abschaffung der geschlechtsspezifischen Arbeitsteilung beteiligen will.

Gegen die Änderung des § 1356 BGB, die an sich ja von einem schönen Glauben an die faktenschaffende Kraft einer verkündeten Norm zeugt, hat sich die derzeitige konservative CDU-Familienministerin ausgesprochen. Wie zu erwarten, sieht sie in dem Vorschlag der SPD-Frauen den Staat auf dem Weg, in Ehen und Familien hineinzuregieren. Überraschenderweise will sie aber zur Verbesserung der Partnerschaften eher auf Einsicht und Vernunft, also Aufklärung setzen – ein Vertrauen, das ehedem ja mehr im linken Spektrum verbreitet war.

Noch andere Vorschläge werden in Österreich diskutiert, nachdem auch dort das Statistische Zentralamt Zahlenmaterial vorgelegt hat, mit dem sich die klassische Rollenverteilung bei der Hausarbeit – sie rackert, er nicht – als resistentes Hindernis auf dem Weg zur wahren Gleichstellung der Geschlechter erwiesen hat. Das aufrüttelnde Zahlenwerk gibt nicht nur Auskunft über die Ausbeutung der Frauen und die Lässigkeit der Männer, sondern auch über die Fortsetzung der Malaise beim heutigen Nachwuchs. Töchter müssen doppelt so lange im Haushalt helfen wie Söhne! Die Frauenministerin von der SPÖ denkt in dieser Situation an eine Quotierung der Haushalte per Gesetz, besonders dann, wenn die Frauen auch berufstätig sind. Noch raffinierter ist der Vorschlag einer Politikerin von der ÖVP. Sie stellt sich vor, daß Eheverträge hilfreich sein könnten, in denen Heiratswillige vor dem Gang zum Standesamt schon festlegen, in welchem Umfang sich der Mann an der später fälligen Familienarbeit beteiligen will und soll. Berücksichtigt man allerdings, wie viele Ehen heute auf dem Schleichweg über mehrjährige Beziehungen und Wohngemeinschaften zustande kommen, dann kommt der Vertrag vor dem juristischen Akt vielleicht doch auch schon zu spät. Nun, das letzte Wort ist hier noch nicht gesprochen, und für weitere vernünftige Vorschläge zur Aufhebung der geschlechtsspezifischen Arbeitsteilung ist noch viel Platz.

Hat man festgestellt, daß Frauen aller Parteien das Problem sehen, auch wenn sie unterschiedliche Vorschläge zu seiner Behebung machen, bleibt aber auch noch Platz für Vermutungen, die in eine ganz andere Richtung weisen. Könnte es sein, daß die Teilung der Hausarbeit zwischen Mann und Frau samt der überwölbenden Idee einer Aufhebung der geschlechtsspezifischen Arbeitsteilung gar keine schöne Utopie ist, sondern ein lebensfremder und frauenfeindlicher Alptraum, gewirkt aus Mißtrauen, Ressentiment und administrativem Allmachtswahn, von dem die Frauenpolitik als Relikt der Frauenbewegung je länger, je deutlicher an der Basis vorbei, befallen ist? Manches spricht dafür, schon das Wort »geschlechtsspezifisch« anders zu interpretieren denn als Auslöser helfender oder anklagender Reaktionen. Sicher handelt es sich bei den beiden Müttern mit vier Kindern ohne Väter und Versorger im letzten Kapitel um extreme Beispiele eines »Kinderticks«, der in dieser Form allerdings Frauen vorbehalten ist und von ihnen auch an aller herrschenden Vernunft vorbei realisiert wurde. Es ist falsch, die beiden zu pathologisieren, so wie es falsch ist, die resistente Basis seitens der Frauenpolitik zu bevormunden, zu bemitleiden und leiten zu wollen, statt hinzuschauen und hinzuhören. Ohne es je zu bemerken oder zu reflektieren, hat sich die Frauenbewegung nicht nur als Avantgarde verstanden, sondern sich auf dem Weg in die Institutionen auch ein leninistisches Parteikonzept ohne Partei zu eigen gemacht, das es Frauenpolitikerinnen erlaubt, parteilich für Frauen zu sein, auch wenn diese sich sträuben. Bei der Hausarbeit allerdings sind sich alle einig: Die Frauen verrichten sie, die Männer wissen das, die Frauen dürfen sich beschweren, und die Männer verlieren nie das Bewußtsein dafür, daß sie den Frauen ewig etwas schuldig bleiben.

Wie unbezahlbar Frauen sind, wird immer wieder ausgerechnet. So befragte das Statistische Bundesamt 7200 Haushalte danach, was deren erwachsene Männer nach Dienstschluß, in der sogenannten Freizeit, alles noch tun. Während 1992 alle zusammen 48 Milliarden Stunden erwerbstätig waren, summiert sich die unbezahlt geleistete Arbeit auf 77 Milliarden Stunden. Davon entfallen zwei Drittel auf Frauen. Setzt man den Nettostundenlohn von 11,70 DM für sie an, müßten allein in den alten Bundesländern jährlich 897 Milliarden Mark für die unentgeltlich geleistete Hausarbeit an Frauen bezahlt werden.

So viel zum Geldwert der nebenher vor allem von Frauen geleisteten Arbeit – nun zum Zeitaufwand. »Unabhängig, ob sie berufstätig sind oder nicht, leisten Frauen mit fünf Stunden täglich etwa doppelt soviel Arbeitsstunden ohne Lohn wie Männer. Der Löwenanteil entfällt mit 76 Prozent auf den Haushalt. Tischdecken und Spülen werden in der Untersuchung ebenso aufgelistet wie Pflanzen- und Tierpflege, Einkäufe oder Behördengänge. Auch bei der Pflege von alten oder kranken Angehörigen und der Kindererziehung liegen die Frauen mit 37 Minuten pro Tag vorn. Besonders belastet sind berufstätige Ehefrauen mit Kindern. Sie kommen auf fünf Stunden, sechsundzwanzig Minuten Hausarbeit – die Männer helfen dabei nur knapp eine Stunde, zwanzig Minuten.«[4]

Darf man Zahlen wie Fakten und Fakten wie Argumente behandeln? Die Frage ist müßig, weil man sich daran schon lange gewöhnt hat. Sie soll aber trotzdem gestellt werden. Das im Wirtschaftsleben halbwegs verbreitete Regulativ von Zeit und Geld wird auch auf einen Bereich übertragen, der nach anderen Modi organisiert ist. Der statistische Mensch, ob Mann oder Frau, ist zwar einprägsam, existiert aber nicht. Wer Folgerungen politischer Art aus dem Durchschnitt, der Hochrechnung oder Dunkelziffer ziehen will, verwechselt das Artefakt der Statistik mit dem Leben. So sollen Frauen täglich 40 Minuten auf die Wäschepflege verwenden, Männer nur skandalöse drei Minuten. Noch verwunderlicher, daß Frauen zwar 40 Minuten an die Wäsche, aber nur 37 Minuten an die »Pflege von alten und kranken Angehörigen und die Kindererziehung« drangeben. Sollte man hier nicht an der Wertehierarchie von Kind, kranken Menschen und Wäsche seitens der Frauen einmal kritisch ansetzen? Die vom Statistischen Bundesamt nachgewiesene Belastung von Frauen durch unbezahlte Arbeit, auch das sollte nicht verschwiegen werden, verrät aber auch enorme Rationalisierungsdefizite. Da ist vom »Tischdecken« die Rede – läßt sich denn das Abendbrot nicht neben dem Kühlschrank per Hand verabreichen? Wie bei MacDonald's? Und vollends »Pflanzen- oder Tierpflege«! Der schiere Unsinn und kein Wunder, daß nur der Statistiker dafür auch noch Geld bezahlen würde. Zumindest errechnet er die männliche Schuld in Heller und Pfennig.

Anderswo hat man herausgefunden, daß Institutionen wie die Ehe, und Frauen überhaupt, Stolpersteine der Modernisierung darstellen. Ganz anders als erwartet, erweisen sich Ehepaare als Protagonisten einer Geschlechterdichotomie, die sich auch der Hausarbeit bedient. Junge Ehepaare schleifen, je länger sie zusammen sind, Unterschiede der Ausgestaltung ihrer Freizeit, um so mehr aus. Sind Kinder da, werden die Unterschiede noch deutlicher. Es scheint auch so, als ob Frauen einer gerechten Aufteilung der Reproduktionsarbeit, die ja zu ihren Gunsten ausfallen würde, eher Widerstand, mindestens Gleichgültigkeit entgegenbringen würden. Bedenkt man, welche Opfer an Freizeit sie hier bringen, kann man sich eigentlich nicht genug wundern. »Vielleicht handelt es sich hierbei um einen Modernisierungsrückstand im weiblichen Bewußtsein?«[5] Andere Forscher halten die Ehe für das »konservative, retardierende Strukturelement gegenüber sozialem Wandel«.[6] Da die Kritik an der patriarchalischen Kleinfamilie außerdem schon Tradition hat, führen Gegenfragen vielleicht doch weiter als Zustimmung.

Zu prüfen wäre, ob die geschlechtsspezifische Arbeitsteilung in privaten Haushalten nicht etwas anderes bedeutet als weibliche Ausbeutung und männliche Herrschaft. Ob die Arbeitswelt, an der auch Frauen in immer höheren Anteilen partizipieren, die Maßstäbe liefert, nach denen die privaten Haushalte, das moderne Ehe- und Familienleben organisiert werden sollen und können – das ist die eine Frage. Erst neuerdings fragt man auch in die umgekehrte Richtung und erwartet eine

Umgestaltung der Arbeitswelt, ja auch des öffentlichen Lebens nach den Bedürfnissen und Lebensrhythmen von Familien, Kindern und Frauen. Das beginnt mit der Bestimmung aus den »Frauenförderrichtlinien« einiger Berliner Hochschulen, daß Gremienarbeit nicht nach 18 Uhr stattfinden solle und Terminänderungen acht Tage vorher bekanntgegeben werden müssen, und endet vielleicht in Zukunft mit der Einrichtung von Lebensarbeitszeitkonten, auf denen die Erträge abwechselnd geleisteter Berufs- und Familienarbeit im Hinblick auf die Rente oder andere Ansprüche genau verbucht werden.[7] Der verheiratete männliche Arbeitnehmer, der bislang als Normalfiktion die Sozialpolitik und das öffentliche Leben beherrscht, wird verschwinden, hofft man.

Zur Beantwortung der älteren Frage nach dem verwunderlichen Modernitätsdefizit privater Haushaltsführung liegt immerhin schon Erfahrungsmaterial bereit, das eigentlich nur gehoben werden muß. Wenigstens in Fragmenten vorhanden ist etwa die Geschichte der Hausarbeit und der privaten Haushaltsführung, obwohl die neuere Frauenforschung diesem zentralen Kapitel der Frauengeschichte aus durchsichtigen Gründen wenig Aufmerksamkeit gewidmet hat.[8] Warum soll man sich um Hausarbeit kümmern, wenn Frauen formale Bildung und Erwerbstätigkeit versagt war? Alles, was gut und fortschrittlich war, ist mit beiden so verlötet, daß jede wissenschaftliche Bemühung um die Hauswirtschaft unterblieben ist. Wenige Versuche leiden unter der Verdächtigung, Frauen an Herd und Spüle zurücktreiben zu wollen, damit die rarer werdenden Arbeitsplätze für Männer zur Verfügung stehen. Auf verqueren Wegen setzt sich hier vielleicht die Alltagserfahrung um, daß Frauen mit der Arbeitslosigkeit ganz genauso wie mit dem Rentenschock besser fertig werden als Männer; denn wie schon die Viktorianer wußten, »a woman's work is never done«. Ob arbeitslos oder berentet, Frauen haben immer etwas zu tun und rutschen viel seltener und langsamer in solchen Lagen ab als Männer, deren Lebensroutine mit der Arbeit zusammenbricht.

Sonderbar ist auch, daß ausgerechnet heute, wo die private Haushaltsführung so gut wie keine rationale Begründung mehr finden kann, eine beschwerdeführende Frauenpolitik im Haushalt auf eine vernünftige, politisch korrekte Arbeitsteilung zwischen den Geschlechtern setzt. Gleicher Lohn für gleiche Arbeit ist als Forderung in der Arbeitswelt am Platz – die Idee, daß, wer Frühstück haben will, es jeden zweiten Morgen auch zubereiten muß, um der höheren Gerechtigkeit zwischen den Geschlechtern zu dienen, die eigentlich Gleichheit heißt – diese Idee ist falsch. Heute wäre die Einsicht wirklich modern, daß zwischen der Arbeitswelt und dem Privatleben die Differenzen nicht größer sein können.

Ein bürgerlicher Haushalt im 18. und 19. Jahrhundert war einem anspruchsvollen, damals rein männlichen Berufsleben völlig ebenbürtig, egal ob der Mann nun Lehrer, Pfarrer, Richter oder Dichter war. Eine gute Hausfrau war – wie vielfach auch die Gelehrten – Universalistin. Sie war auf der Höhe der Zeit und kompetent auf einer Vielzahl von Gebieten. Vorratshaltung über den Winter und schlechte Ernten hinweg bedeutete einmal mehr als die Fähigkeit, Verfallsdaten am Dosenboden im Auge zu haben. Personalführung hieß, mit Mädchen und Frauen zurechtzukommen, die angelernt werden mußten und einer feindlichen Klasse angehörten. Kein Vergleich mit der handsamen Schwarzarbeiterin heute, die für ein paar Stunden in die Wohnung kommt. Die Hausfrauen unserer Vorzeit beherrschten Gartenbau, Krankenpflege, Schneiderei, die Kunst, zu waschen und zu erziehen – ganz nebenher waren sie auch noch Mütter und Ehefrauen. Wer Erinnerungen an die Nachkriegszeit hat, als es »nichts« gab und Frauen dennoch aus dem Nichts eßbare Suppen, Kuchen und außerdem Kleider und Spielzeug samt dem dazugehörigen Ambiente zu zaubern wußten, kann sich vielleicht am besten vorstellen, wie so viele Frauen vor zweihundert Jahren gearbeitet haben. Was Kenntnisse, Fertigkeiten und Techniken betraf, konnte es noch im 19. Jahrhundert eine gute Hausfrau mit jedem Professor der Medizin oder sonstwas aufnehmen.

Der Druck hinsichtlich einer rationellen Haushaltsführung und die umfassende Beanspruchung weiblicher Intelligenz durch die Hausfrauen- und Mutterrolle verstellten auf Dauer vielen Frauen nicht die Einsicht, daß der Grund ihrer Depression und ihres Unglücks etwas mit der Zwangsverpflichtung zu dieser und keiner anderen Rolle zu tun hatte. Dazu kamen die Fortschritte von Erfindergeist und Industrie, je länger, je deutlicher. Zur Konfektionskleidung kamen die Konserven, zum Krankenhaus der Kindergarten ... Technisch gesehen, wurde die Hausfrau und Mutter entwertet, politisch schlug die Stunde der Gleichberechtigung. Die häusliche Versklavung der Frauen wurde überflüssig, ganz objektiv.

In den zwanziger, dann wieder in den fünfziger Jahren wurden jede Menge Versuche gemacht, Haus- und Familienarbeit zu rationalisieren, zu modernisieren und sie so den Standards der Arbeitswelt anzupassen, die aller Leben regierte. Die russische Revolution 1917, die Kibbutzim in Israel – pars pro toto –, sie wollten den Haushalt, die Kleinfamilie als Hort reaktionärer Menschenproduktion liquidieren. Auch der Gedanke, daß das Kochen des Essens in Millionen von Privathaushalten, das Pflegen der Kinder eine enorme Verschwendung von Zeit, Geld und Frauenkraft bedeutete, fand Beifall. Politisch und progressiv, das heißt praktisch und vernünftig: kollektive Kindererziehung, Waschküche und Gemeinschaftsverpflegung. Mit solchen Ideen färbte die Arbeitswelt die Vorstellungswelt der Utopisten – bürgerliche Menschen begnügten sich mit der Anschaffung zahlloser Maschinen.

Alle technischen Erfindungen machten weder Familien noch Frauen so schnell überflüssig, wie man einmal gedacht hatte. Man schloß aus dieser Tatsache nicht auf einen Gegensatz, wie ich es heute tue, sondern auf ein Nachholbedürfnis. Männer und vor allem Frauen verhalten sich noch nicht auf der Höhe der Evolution. Die Versuche, den Haushalt rationell zu organisieren und der Arbeitswelt anzugleichen, sind Legion. Auf der einen Seite versuchte man, durch den Input an ökonomischer Rationalität und Effizienz frustrierte Frauen zu trösten und zu beruhigen. Die Botschaft lautete: Ihr habt am Fortschritt teil, seine Gesetze sind auch eure Gesetze. Die Küche zum Beispiel wurde in den zwanziger Jahren eine winzige, ergonomisch eiskalt durchkalkulierte Arbeitsstelle, an der jeder Refa-Rechner seine Freude hätte haben müssen. Die Mutter und Hausfrau, eher schon Hausarbeiterin, vermeidet überflüssige Wege und wendet sich auf dem Fuß zwischen Herd, Arbeitstisch, Vorratsschrank und Fenster. Aus diesem schaut sie auf den Spielplatz, wo ihre Kinder toben ... Das Tischdecken, dem das Statistische Bundesamt in der oben referierten Untersuchung seine Aufmerksamkeit nicht versagt hat, scheint schon in den zwanziger Jahren nicht mehr ganz up to date gewesen zu sein. Nun, vielleicht nicht das Tischdecken, aber doch die Tischdecke. Schmucke Kunststoffplatten erübrigten den Ärger mit einer Decke, die von Montag bis Samstag auflag und immer fleckiger wurde. Wie unästhetisch diese, wie proper das Resopal.[9] Heute wissen wir, daß weder diese Idee noch die ergonomisch durchgerechnete Miniküche samt der dazu passenden, zweckmäßigen Bewegungen hingegebenen Hausfrau Zukunft hatte. Hielt man die sogenannte Wohnküche in den fünfziger Jahren noch für eine Notlösung, so haben die weiträumigen, technisch umfassend ausgestatteten, aber auch einladenden Luxusküchen der folgenden Jahrzehnte jede vernünftige Erklärung noch vor sich. Eine große, teuer ausgestattete Küche mit den neuesten Gerätschaften ist der Stolz vieler Frauen, und Männer erkennen den Anspruch der Frauen auf solche eigentlich überflüssigen Kochgelegenheiten an. Die Beobachtung vieler Jahre lehrt außerdem, daß die Küche, nie das feine Wohnambiente, dazu tendiert, bei Parties aller Art zum Gravitationspunkt angenehmer Geselligkeit zu werden. Eigentlich kann man daraus nur schließen, daß der Mensch sich gern um Feuer und Nahrung schart, auch wenn er nicht friert und nicht hungert; außerdem, daß Frauen auch weiterhin das Feuer hüten, das heute aus der Steckdose kommt, und Nahrung bereiten und reichen, obwohl praktischere und zeitsparendere Lösungen auf der Hand liegen.

Mit der Übertragung der Rationalisierungsdiskurse auf den privaten Haushalt erreichte man beruhigende Effekte auf die Gemüter frustrierter Hausfrauen, verfolgte bewußt aber sehr ehrenwerte Ziele. Es galt der Hausfrau, Ehefrau und Mutter das Leben zu erleichtern, denn ihre Leistung wurde zwar immer anerkannt, fast gefürchtet, aber um ihr Schicksal hat kein Mann seine Frau je beneidet. Das bürgerliche Familienideal setzte sich allgemein durch, dabei blieben die Standards der Haushaltsführung hoch, obwohl nur noch eine verschwindende Minderheit nach dem Ersten Weltkrieg sich ein Dienstmädchen leisten konnte. Mit Macht setzte deshalb in den zwanziger Jahren die Technisierung des Haushalts ein. Staubsauger, Kühlschrank und Elektro- bzw. Gasherd und Zentralheizung standen am Anfang, heute gehören fließendes kaltes und warmes Wasser, die Waschmaschine, der Geschirrspülautomat, das Dampfbügeleisen, die Mikrowelle und vieles andere zur Ausstattung ganz normaler Haushalte.

Man hätte eigentlich erwarten können, daß die Frauenforschung diesen Prozessen ein Hauptaugenmerk zuwenden würde. Schließlich war die Hauswirtschaft das wichtige Arbeitsfeld für Frauen und beansprucht bis heute, wenn man den Statistikern glauben darf, einen Großteil ihrer Zeit, ja sogar ihrer Freizeit am Feierabend. Das ist nicht geschehen, die Frauenbewegung und heute die Frauenpolitik haben sich darauf beschränkt, das offensichtliche weibliche Engagement als unzeitgemäße Ausbeutung zu beklagen und diese für alle möglichen Emanzipationsrückstände verantwortlich zu machen. Schmerzlich vermißt man eine Erklärung dafür, warum die radikalen Vorschläge zur Abschaffung der Kleinfamilienhaushalte nirgendwo auf Dauer umgesetzt werden konnten; und ebenso bleibt man bislang auf Intuitionen angewiesen, wenn man begreifen will, warum weder ganze Maschinenparks in kleinen Wohnungen, noch Supermärkte und Pizzaservice die Hausarbeit reduziert und die Hausfrau quasi überflüssig gemacht haben. Die Vermutung, daß die Hauswirtschaft unvernünftig ist und heute deutlicher als im 19. Jahrhundert oder noch vor wenigen Jahrzehnten anderen Zwecken dient als der Reproduktion der Arbeitskraft, und zwar nach den Gesetzen, die auch in der Produktion gelten, wäre eine Überprüfung immerhin wert.

Zwei Hypothesen über diese anderen und unvernünftigen Zwecke bieten sich an. Einmal ist die Hausarbeit das Feld, auf dem jedes Paar seine Geschlechterdifferenz aushandelt, täglich aktualisiert und austauscht. Zweitens dient der private Haushalt dem Familienkult. Das Stereotyp vom Funktionsverlust der Familie und ihrem Schrumpfen auf eine Konsum- und Freizeitveranstaltung steuert an der Wahrnehmung vorbei, daß gerade der Konsum eine hochgradig soziale Veranstaltung ist und der Haushalt dafür ein erstklassiges Terrain liefert.

Die erste Hypothese wird immerhin schon von einer soziologischen Untersuchung aus Frankreich gestützt.[10] Jean-Claude Kaufmann hat zwei Jahre lang die Entwicklung frischer Paare verfolgt, indem er nach nichts als nach dem Umgang mit der Wäsche fragte. Seine Teilnehmer waren Studenten, Arbeiter, Polizisten und Pädagogen. Ihr Alter schwankte zwischen neunzehn und fünfundfünfzig Jahren. Kaufmann wollte an einem banalen Problem, das nicht von vornherein zu Tiraden verführt, den Prozeß studieren, wie aus Verliebten ein Paar wird. Wann hat Wäsche als schmutzig zu gelten? Was gehört gebügelt und was nicht? Gerade weil der Haushalt heute kaum noch ein Arbeitsfeld ist, dessen Aufgaben evident sind (wenn das überhaupt je gestimmt hat), läßt sich an den Verhandlungen zum Beispiel über die Wäsche studieren, welche Bedeutung dem gemeinsamen Haushalt, der Geschlechterdifferenz und ihrer Markierung im Alltag zukommen. Gerade weil Männlein und Weiblein die Idee der Gleichheit favorisieren, ist es um so eindrucksvoller, wieviel Ungleichheit produziert wird und wie die Beteiligten sie dann interpretieren. Frauen neigen beim Zusammenziehen dazu, einem »Haushaltsfimmel« nachzugeben, der sie später öfter reut. Sie stellen Standards auf, ziehen Aufgaben an sich, als hätte das Puppenmütterchen in ihnen nur darauf gewartet, endlich loslegen zu dürfen. Im Hinblick auf die Wäsche findet sich bei ihnen eine Leidenschaft, die man nur verstehen kann, wenn man die lange Geschichte hausarbeitender Frauen kennt. Generationen waren auf ihren Wäscheschatz stolz, der weiß, geordnet und mit Bändchen verziert, im Kasten ruhte. Solche Verpflichtungen, aber auch Freuden sterben nicht so schnell aus. Frauen nehmen sich aber auch deshalb der Wäsche an, weil sie ihre Mutter beerben und die Mutter des männlichen Parts entthronen müssen, die mit Wäschepaketen die Söhne gern lange an der Leine hält. Im Hinblick auf den gemeinsamen Haushalt und seine Pflichten, so hat Kaufmann herausgefunden, sind Männer zwar gutwillig, bringen aber für die Praxis nur Konzepte dazu mit, wie man alles regeln könne. Es fehlt ihnen das, was man das Haushaltsgen nennen könne. Sie ordnen sich den Frauen gern unter, werden zu bloßen Befehlsempfängern und dadurch natürlich auch um jede Chance gebracht, dieses Gen nachzuentwickeln ... Andererseits leisten Männer doch Erhebliches auf dem Gebiet technischer Reparaturen, Installationen und ganzer Wohnungsumbauten und beteiligen sich so auf ihre, auch traditionsverhaftete Weise, am Nestbau.

Kaufmann ist ein Anhänger der Modernisierung, der Gleichberechtigung und der Gleichheit. Er prognostiziert allerdings eine Verlangsamung des Prozesses, weil es zum Beispiel bei den untersuchten Paaren einen Widerstand des Konkreten gibt, den Gesetze nicht mehr beeinflussen können. Abweichend von Kaufmann könnte man aber auch in eine andere Richtung denken: Erst wenn Gleichheit und Gleichberechtigung politisch und rechtlich durchgesetzt und allgemein akzeptiert sind, kann das Verlangen nach Differenz gesehen und ernst genommen werden. Dieses Verlangen steht am Beginn einer Liebesbeziehung, der Paarbildung und Eheschließung – und es bedarf der Konkretisierung im Alltag, ob am Herd, der Waschmaschine oder im Werkstattkeller. Wenn Frauen und Männer auf Traditionsbestände zurückgreifen, die zweifelhaft sind, dann sollte man dennoch nicht darauf setzen, daß deren Eliminierung uns weiterbringen wird. Gerechtigkeit und Gleichheit sind außerordentlich wichtige korrektive Ideen – produktiv sind sie nicht.

Die gerechte Aufteilung der Hausarbeit ist, anders gesagt, keine Utopie, für die sich irgend jemand krumm legen sollte. Einerseits hat sie real keine Chancen, andererseits sind die Phantasien, die sie produziert haben, mehr als dubios. Wer die Parole »gleicher Lohn für gleiche Arbeit« in das Privatleben übertragen möchte, wird nie eines haben. In diesem Zusammenhang ist die Entdeckung Kaufmanns interessant, daß Paare über vieles reden, ununterbrochen, aber über wichtige Dinge schweigen. Die kommen dann erst bei der Trennung auf den Tisch des Hauses. Daraus zu schließen, daß die Menschen eben erst noch lernen müssen, über alles zu reden, ist falsch. Was im öffentlichen Leben bedeutsam ist, muß es für das private noch lange nicht sein, und insofern ist die berühmte Parole der Frauenbewegung, daß das Private (Persönliche) politisch sei, schlicht falsch und kommt hundert oder zweihundert Jahre zu spät. Heute leben die Menschen, auch die Frauen, anders als damals, in mehreren Welten, und das täglich ...

Die zweite Hypothese, den Familienkult via Hauswirtschaft, Frauenarbeit und Konsumterror betreffend, wird ganz vorsichtig von Ethnologen und Kulturanthropologen bearbeitet. Konsum ist ein Akt ritueller Opferung. Das Geld der Männer verwandeln Frauen, die es ausgeben, in eine sinnvolle Handlung.[11] Das transzendentale Objekt, dem der Kult gilt, ist die Familie, schlagen Mary Douglas und ihr Nachfolger auf dem Lehrstuhl in London, David Miller, einem Publikum vor, das die Abschaffung der geschlechtsspezifischen Arbeitsteilung zum Ehrenpunkt erhoben hat. Ganz falsch, behaupten die Anthropologen: Sache der Männer ist es auch in modernen Gesellschaften, Geld zu verdienen – Sache der Frauen ist es, Geld in Liebe zu verwandeln.

7
Die sexuelle Revolution enttäuscht ihre Kinder

In meinem Berliner Kiez befinden sich zwei Grundschulen. Deshalb habe ich oft Gelegenheit, sechs- bis zwölfjährige Mädchen und Buben auf dem Schulweg zu erleben. Der tolldrastische Umgangston, gespickt mit krassen Schimpfwörtern, den sie uneingeschüchtert anschlagen, auch wenn Erwachsene in der Nähe sind, beeindruckt mich ebenso wie die leiseren Psychogespräche, in denen Freunde oder Freundinnen Trost und Rat wegen schlechter Noten, Kränkungen und anderer Kümmernisse austauschen. Im Vergleich zu meinen ersten Schuljahren erscheinen mir die Berliner Kinder sowohl expressiver als auch klüger geworden. Neulich allerdings wurde ich Zeuge einer Szene, die mich geradewegs in meine Kindheit um 1950 zurückversetzte. Ein Mädchen und ein Junge waren handgemein geworden. Warum, weiß ich nicht. Nachdem sie sich getrennt hatten, sagte der Freund des Jungen leise tadelnd einen Satz, den ich auch noch sehr gut kenne: »Mädchen schlägt man nicht!« Heißt das nun, daß Mädchen als Menschen zweiter Güte gar nicht satisfaktionsfähig sind, oder im Gegenteil, daß schon zwischen Grundschülern unterschiedlichen Geschlechts Umgangsregeln gelten, lange bevor explizite amouröse Interessen lebendig werden, die besagen, daß Frauen freie Hand haben, während Männer... Sie dürfen, ohne daß ihr Bild Schaden nimmt, gewalttätig sein, sie dürfen auch wegen Frauen gewalttätig werden – aber gegen Frauen nicht. Keine Regel ohne Ausnahme und ohne Ausrutscher: Im Krieg sind die Frauen des Feindes nicht tabu – wobei man allerdings wissen muß, daß die Unterscheidung zwischen Militär- und Zivilbevölkerung ohnehin eine moderne Errungenschaft ist und in der Zeit zwischen Homers *Ilias* und Napoleons Eroberungskriegen eigentlich nicht getroffen wird, nicht einmal theoretisch. Daß sie seither getroffen wird, mag ein moralischer Fortschritt sein, wie jedoch die Opferstatistik zweier Weltkriege und zahlloser kleinerer Kriege zeigt, hat dieser Fortschritt nichts daran geändert, daß unbewaffnete Zivilisten die Mehrzahl der hilflosen Opfer stellen. Es scheint sogar, als sei ihr Anteil an Toten und Verletzten, verglichen mit dem von Soldaten, in stetigem Wachsen begriffen.

Für Ausrutscher ist das Strafgesetzbuch zuständig: Physisch-sexuelle Attacken auf Frauen (und Kinder) werden in der bürgerlichen Gesellschaft oft nicht so streng bestraft wie Verstöße gegen das Eigentumsrecht, aber der ganz allgemeine Abscheu gegen diese Taten und diese Täter hat dieses Manko mehr als wettgemacht. Vielleicht müssen Empörung und Rachebedürfnisse gegenüber Männern, die gegen die mann-weiblichen Umgangsregeln verstoßen, auch eher von Anthropologen denn von Juristen und Soziologen aufgeklärt werden. Die Differenz von legitimer und illegitimer Gewalt, auf die Geschlechter verteilt, teils als Pflicht, teils als Leiden, teils als Recht, teils als Schutzanspruch, steckt uns allen in den Knochen. Die Frauenbewegung und heute die Frauenpolitik zehren von dieser Evidenz aus dem Patriarchat, das sie angeblich so sehr verabscheuen, weil es für alle Leiden der Frauen verantwortlich ist.

Gewalt, gar sexuelle Gewalt war nicht von Anfang an ein Thema der Frauenbewegung. 1968 beschwerten sich die Frauen über die Last der Reproduktionsarbeit, die ihnen allein überlassen wurde, während die Männer ihrem Ruhm und ihrer Karriere lebten. Ihr Ehrgeiz und ihr Geltungsbedürfnis wurden frustriert. Daneben gab es das große Problem, daß das Ideal einer befreiten Sexualität die Sorgen der jungen Frauen wegen einer unerwünschten Schwangerschaft nicht von heute auf morgen aus der Welt schaffte. Wenn in West-Berlin noch in der zweiten Hälfte der sechziger Jahre Adressen von Frauenärzten kursierten, die bereit waren, nichtverheirateten Studentinnen ein Rezept für die Pille auszustellen, dann kann man sich ausmalen, wie schlecht die Chancen anständiger Mädchen anderswo aussahen, sich nicht nur mit einem höheren Bildungsabschluß, sondern auch in puncto Liebe und Sexualität zu emanzipieren. Die Gefahr, daß man vielleicht gezwungen sein könnte, die erstbeste Semesterliebe zu heiraten, war vielleicht gar nicht so groß, schwebte aber über einem wie das bekannte Damoklesschwert – an einem seidenen Faden. Damit will ich gar nichts gegen die jungen Männer jener Zeit gesagt haben, die auch damals schon im Schnitt viel unternehmungslustiger und risikofreudiger waren; denn in der Regel standen sie notfalls zu ihrer Verantwortung und heirateten auch. Nicht alle Ehen, die so zustande kamen, waren schlecht, aber zum Traum junger Frauen gehörte es eben nicht, auf diese Weise gnadenhalber geheiratet und ehrlich gemacht zu werden. Mit dem Abitur, sozusagen, waren die weiblichen Ansprüche doch sehr gestiegen. Der Klemme zwischen intellektueller und beruflicher Emanzipation und einem angstbesetzten sexuellen Coming out sind wenige von denen entkommen, welche die Frauenbewegung und heute die Frauenpolitik tragen. Gerade die Mütter, welche aus eigener Enttäuschung am Ehe- und Hausfrauenleben ihren Töchtern die Aufgabe übertrugen, es einmal besser und das heißt immer, ganz anders zu machen, waren wenig disponiert, ihre Sexualität zu segnen. Wer Aufklärung als Einführung in die Kunst der Frauenleiden zwischen Menstruation und Migräne bekommen hat, und das war das Schicksal der meisten in jenen Jahren, der hatte an dem Gegensatz von gleichsam ererbter weiblicher Angst und Freiheitsverlangen schwer zu tragen.

Im Rückblick auf die sechziger Jahre läßt sich aber auch feststellen, daß die sexuelle Liberalisierung auf den männlichen Nachwuchs besser berechnet war als auf den weiblichen. Deshalb trafen Oswalt Kolles Aufklärungen in populären Zeitschriften und die Lehren des Kapitalismuskritikers Wilhelm Reich, der selbst den Faschismus auf die ungelöste sexuelle Frage zurückführte, bei Männern, die schließlich auch ein Erbe an sexueller Frustration zu tragen hatten, auf begeisterte Rezipienten. Für sie war der Weg von der Theorie zur Praxis nie weit. Kolle unterstützte und bildete das sexuelle Handwerk und vor allem die Idee, daß sexueller Lustgewinn nie von Übel sei und Sexualität überhaupt nie die gefährliche Angelegenheit, als welche kirchliche und weltliche Autorität sie verteufelt hatten. Reich dagegen lieferte allen, die ihrem Triebleben eine höhere Bedeutung geben wollten, die intellektuelle Weihe und daneben jede Menge Argumentationshilfen für die Beeinflussung weiblicher Kommilitonen. Wer sich für Politik interessierte, war besonders in Gefahr, sein Mißtrauen vorschnell aufzugeben und immer wieder enttäuscht zu werden.

Dennoch gibt es keine Verbindung, die von solchen Konstellationen weiblicher Selbstfindung in der Ära der sexuellen Liberalisierung zu dem führt, was man wohl die Sexualisierung der Frauenfrage nennen muß. Wie viele sexuelle Gewaltszenarien sind in den vergangenen Jahrzehnten mehr oder weniger plausibel konstruiert und frauenpolitisch vorgeführt worden! Sexuelle Gewalt, die faktische oder die bloß angedrohte, gilt als das Paradigma, welches das Patriarchat für Frauen vorsieht. Wenn jeder Mann ein potentieller Täter ist, reichen wenige, die es wirklich sind, um diese Theorie wasserdicht zu machen. Ohne dieser Theorie zu widersprechen, halten sich Politikerinnen lieber an die Empirie, die kurz und prägnant in Zahlen wiederzugeben ist. Kriminologen, Sozialforscher und Statistiker versuchen zwar immer wieder, auch für Zahlen ein Problembewußtsein zu entwickeln, es glückt aber selten; wenn es um sexuelle Gewalt geht, nie. Vielleicht betritt man auch das Feld einer Anthropologie der Moderne, wenn man nach Erklärungen dafür sucht, warum dann, wenn es um sexuelle Gewalt geht, überhaupt um Befürchtungen der schlimmsten Art, die Zahlen nicht hoch genug sein können, wenn sie Zutrauen erwecken wollen. Vielleicht muß man in pazifierten, zivilisierten Gesellschaften leben, um den richtigen Geschmack an der Diagnostik des Grauens zu finden.

1993 behauptete das Bundeskriminalamt: »Gewalt gegen Frauen zurückgegangen. Eine Langzeitstudie für den Bereich Westdeutschlands hat ergeben, daß die angezeigten Straftaten gegen die sexuelle Selbstbestimmung von 1980 bis 1990 um insgesamt 13,2 Prozent zurückgegangen sind. Unter diesem Begriff hat das BKA sexuellen Mißbrauch, Vergewaltigung und sexuelle Nötigung zusammengefaßt. Im Gegensatz dazu sind im selben Zeitraum im Bereich der allgemeinen Kriminalität 16,8 und im Bereich der Gewaltkriminalität 10,5 Prozent mehr Straftaten angezeigt worden.«[1] Als Grund für diese Entwicklung der Kriminalstatistik hypostasiert der zuständige Fachbereichsleiter im BKA, Michael C. Baurmann, das stärkere Selbstbewußtsein der Frauen. Wenn er recht hat, läßt sich diese Entwicklung aber kaum auf die Frauenbewegung oder die Frauenpolitik zurückführen, denn die von ihnen in Umlauf gebrachten Szenarien sind eher geeignet, Frauen das Fürchten zu lehren. Sechs Wochen später konnte man in einer anderen Zeitungsmeldung lesen: »Rund 180 Anzeigen von Vergewaltigung und sexueller Nötigung sind in den ersten drei Monaten dieses Jahres bei der Berliner Polizei erstattet worden. Diese Zahl ist in etwa identisch mit den Vergleichsmonaten des Vorjahres. Doch die Dunkelziffer bei diesen Delikten nimmt von Jahr zu Jahr zu, sagte die für Sexualdelikte zuständige Hauptkommissarin.«[2] Sie vermutet, daß das Ansteigen der Dunkelziffer mit dem weiblichen Mißtrauen gegen die Beamten zu tun hat, die solche Delikte bearbeiten. Sie mißtrauen wohl auch einem Rechtstaat, der für die Vergewaltigung zwar eine Höchststrafe von 15 Jahren Gefängnis vorsieht, tatsächlich aber im Schnitt allenfalls zwei Jahre verhängt, weil Vergewaltigung bei Tätern und Gerichten immer noch als sogenanntes Kavaliersdelikt gilt.

Noch einmal sechs Wochen später konnte man in einer dritten Zeitung noch Greulicheres zur Kenntnis nehmen: »Vergewaltigung: sprunghaft gestiegen. In Deutschland wird jede dritte Frau mindestens einmal in ihrem Leben vergewaltigt, schätzen die Beratungsstellen für vergewaltigte Frauen. Fast 80 Prozent der Täter seien Bekannte der Frauen, berichteten Mitarbeiterinnen von Beratungsstellen, die am Wochenende zu einem Bundestreffen in Frankfurt am Main zusammenkamen. Die Zahl der vergewaltigten Frauen, die bei den insgesamt rund 130 Beratungsstellen Hilfe suchen, sei sprunghaft gestiegen, sagten die Teilnehmerinnen, ohne genaue Zahlen zu nennen.«[3] Vier Jahre später teilte in diesem Sinne auch die Berliner Senatorin Bergmann bei der Vorstellung einer Begleitbroschüre zum Berliner Modellprojekt gegen häusliche Gewalt mit, daß jede dritte Frau von ihr betroffen sei.[4] Berücksichtigt man, daß sie außerdem noch vergewaltigt und in der Öffentlichkeit und am Arbeitsplatz sexuell belästigt sowie diskriminiert werden dürfte, in den skizzierten Proportionen, dann müßten wir Frauen in der Hölle leben. Wer nicht gerade mißhandelt wird, lebt in der realistischen Erwartung eines Angriffs. Der Überzeugung, daß Männer potentielle Täter sind, korrespondiert die zweite, daß Frauen potentielle Opfer sind.

Wer sich nach einem prüfenden Blick auf seine Umgebung dann doch dieser Panikmache entziehen kann, für den werden Daten aufbereitet, die sich nun vollends der Beurteilung entziehen. Aber auch hier verfährt man nach dem bewährten Muster, daß die Nachrichten nicht schlimm genug ausfallen können, wenn sie Glauben finden wollen, und die Zahlen, in ihrer Funktion als Realitätsbeweis, werden auch hier zu einem ansprechenden Salat angerührt. Selbst kurze Meldungen enthalten oft so viele unterschiedliche Zahlenkonstruktionen, daß das Abitur nicht hinreicht, den Leser mit Verständnis zu wappnen. Für andere Konstrukte, insbesondere das zentrale der Gewalt und der sexuellen bzw. sexuell konnotierten Gewalt, die zur Ausleuchtung des Frauenelends weltweit erfunden wurden, gilt das in einem noch stärkeren Maß. Man betrachte nur einmal die folgende dpa-Meldung aus Genf: »Gewalt gegen Frauen innerhalb der Familie hat nach Ansicht der UNO-Berichterstatterin Radhika Coomaraswamy weltweit beängstigende Ausmaße angenommen.«[5] Ein Grund für diese Entwicklung wird nicht genannt, nicht einmal eine Vermutung. Nicht anders als bei den Verlautbarungen aus der frauenpolitischen Szene der Bundesrepublik, die ja auch seit Jahren immer katastrophischer ausfallen, obwohl die korrigierenden Bemühungen nun auch schon seit Jahren dauern, ist man auf eigene Einfälle angewiesen. Hieße ich Susan Faludi, würde ich auf den »backlash« verweisen. Es sieht für sie jedenfalls so aus, als gäbe es ein Gesetz, demzufolge schwer erkämpfte Fortschritte der Frauen das seiner Herrschaft allzu sichere Patriarchat aufschrecken und zu nuklearen Gegenschlägen motivieren würden. Kaum haben ein paar Frauen mit Erfolg die akademische Laufbahn eingeschlagen, setzen Männer und ihre Handlangerinnen das Gerücht in die Welt, daß intelligente, erfolgreiche Frauen jenseits der Dreißig keine Chance mehr haben, einen Ehemann abzukriegen. Kaum haben sich bequeme Schuhe und Hosenanzüge durchgesetzt, predigt der Modemacher im Dienst des Patriarchats die Rückkehr der Stilettos, des Korsetts, der Dessous und anderer Hindernisse weiblicher Emanzipation ...[6] Ich bezweifle, daß sich der Fortschritt und die Frauen von solchen Lappalien zähmen lassen. Im Gegenteil, die Leidenschaft, mit der frauenbewegte Frauenforscherinnen einige misogyne Reaktionäre des 19. Jahrhunderts durch ausgiebige Zitate popularisiert haben, macht nicht den Backlash glaubhaft, sondern das Bedürfnis der Frauenbewegung nach einem Feind, der die Leere füllt, die mit der weiblichen Freiheit einhergeht. Die historische Tendenz wies in Richtung der Gleichberechtigung, nicht in Richtung des »physiologischen Schwachsinns«, den Paul Möbius entdeckt zu haben glaubte.[7] Mit dem Aufwärmen jedweden schaurigen Unsinns hat sich die Frauenbewegung mittels Feindbildpflege vor der Aufgabe gedrückt, zu sagen, wer wir sind oder sein wollen, wenn wir nicht geschmäht, verfolgt oder mißhandelt sind.

Zurück zur dpa-Meldung aus Genf: Ein vernünftiger Mensch könnte die beängstigende Zunahme der Gewalt gegen Frauen auch mit dem Argument relativieren, daß Untersuchungen, die einen Vergleich von früher zu heute erlauben, gar nicht vorliegen. Es ist also schlicht gar nicht möglich, von einer beängstigenden Zunahme zu reden. Andere könnten darauf hinweisen, daß mit dem Begriff »Familie« im Bericht an die Menschenrechtskommission Schindluder getrieben wird. Denken wir Leser genauso wie die Berichterstatterin an die Familie westlicher Tradition, so beziehen sich die schaurigen Befunde auf Verhältnisse, die unserem Bild von Mama-Papa-Kind in keiner Weise ähneln. Gewiß, im Soziologiestudium in den sechziger Jahren lernte man, daß die »Kernfamilie« weltweit verbreitet ist. Heute wissen wir, daß das Insistieren auf der Kernfamilie etwas mit soziologisch modernisierten Erziehungsphantasien zu tun hatte, die nicht mehr ganz allgemein dem Kind, sondern dem sozial depravierten Kind galten. Durchleuchtet wurde von der Sozialisationstheorie die Konstellation der Kleinfamilie und ihrer intimen Bezüge. Der Bericht aus Genf zehrt von dem Schreck, daß Frauen gerade in diesen Bezügen extrem gefährdet sind, so wie Kinder damals mit den falschen Eltern um alle Entwicklungsmöglichkeiten gebracht wurden.

»In ihrem Bericht an die UNO-Menschenrechtskommission fordert Radhika Coomaraswamy besseren Schutz gepeinigter Frauen und schärfere Gesetze gegen Gewalttäter. Allein in den USA würden jährlich zwei Millionen Frauen von ihren männlichen Lebenspartnern geschlagen, die Hälfte müsse sich in ärztliche Behandlung begeben. Bis zu vierzig Prozent der geschlagenen Frauen in den USA versuchten, sich das Leben zu nehmen. Studien in Indien, Bangladesch, den USA und Peru belegten, daß die Zahl der Selbstmordversuche mißhandelter Frauen zwölfmal so hoch liege wie bei Frauen, die nicht physischer Gewalt ausgesetzt seien.« Auch hierzulande sind schärfere Gesetze das Mittel der Wahl, wenn es um die Bekämpfung von Männergewalt geht. Soll man der UNO-Dame da mit dem Argument widersprechen, daß soziale Beziehungen zwar vom Recht abgesichert, aber niemals initiiert werden können? Die Neigung zum Selbstmord ist – so schlau sind wir heute auch schon – das Artefakt einer bestimmten Kultur. Kann man dann die Selbstmordversuche von Frauen irgendwo den gewalttätigen Männern in die Schuhe schieben? Der gutgemeinte Menschenrechtsuniversalismus liegt auch völlig über Kreuz mit den Kenntnissen über verschiedene Kulturen, die zu respektieren ja auch ein Ziel des UNO-Universalismus ist. Wer über die dpa-Meldung länger nachdenkt – vorgesehen ist das natürlich nicht –, fragt sich sicher auch, was eine Frau in den USA mit einer in Indien verbindet. Ist es wirklich Männergewalt gegen Frauen? Wenn in China und Japan, wie verlautet, viele Scheidungen ausgesprochen werden, weil Männer gewalttätig gewesen sein sollen, dann könnte man in dieser Tatsache auch Grund zur Hoffnung schöpfen, anders als die UNO-Berichterstatterin hier vermutet. Ihr ist die Scheidungsstatistik ein Beleg für die gewalttätigen Neigungen der Männer, und zwar weltweit, denn Frau Coomaraswamy ist ja für die UNO tätig. Auf der einen Seite ist sie dem Universalismus der Menschenrechte verpflichtet, auf der andern muß sie unterschiedslos alle Staaten und Kulturen anklagen, damit in der Völkergemeinschaft keine Mißstimmungen entstehen. So kommt es zu einem sonderbar ort- und zeitlosen Bild männlicher Täterschaft und weiblicher Leiden und dem hilflosen Ruf nach schärferen Gesetzen, von denen wir wissen, daß sie nicht einmal dort helfen, wo Polizei und Justiz funktionieren.

Scheidungen und Scheidungsquoten sind nicht nur wie alle Statistiken interpretationsbedürftig, einen Sinn können sie überhaupt nur machen, wenn man den jeweiligen soziokulturellen Kontext kennt. Das ist aber nie der Fall und soll wohl auch so bleiben: »Allein in Japan«, wird aus Genf mitgeteilt, »lassen sich jährlich 11 000 Frauen scheiden, weil sie in der Ehe Gewalt ausgesetzt gewesen sind. In der Volksrepublik China sind rund ein Viertel der Scheidungen auf Gewalt in der Ehe zurückzuführen.« Für Zeitungsleserinnen, die hier einen kühlen Kopf bewahren wollen, sind der Deutungsmöglichkeiten viele. Es könnte zum Beispiel sein, daß jede einzelne von den 11 000 Japanerinnen froh ist, daß ihr im Unterschied zu ihrer

Großmutter die Scheidung von einem brutalen Ehemann möglich ist. Dann wäre die Zahl keineswegs furchterregend hoch; eher vielleicht zu niedrig. Denn sollte auch in Japan wie hierzulande jede dritte Frau Opfer häuslicher Gewalt werden, dann ergäben sich bei einer Einwohnerzahl von 113 Millionen (1977) und einer Heiratsquote von annähernd hundert Prozent doch noch ganz andere Schauermeldungen. Und nun vollends China! Möglich wäre auch, daß in beiden Ländern Gewalt neben zwei oder drei anderen Vorwürfen als Scheidungsgrund rechtlich und kulturell ausschließlich in Frage kommt, während die Vielzahl anderer Gründe nicht genannt werden darf, obwohl alle davon wissen. Schließlich ist es noch nicht lange her, daß auch bei uns Scheidungsentschlossene, oft an den Tatsachen völlig vorbei, vor Gericht die sonderbarsten Dinge erzählen mußten. Ein Schuldspruch war zu fällen, und in der Mehrzahl einverständlicher Scheidungen übernahmen die Männer die Schuld. Nicht Gewalt, sondern sexuelle Untreue war der schlagende Scheidungsgrund. Bei nicht einverständlich hinter den Kulissen abgesprochenen Scheidungen mußte in aller Öffentlichkeit viel schmutzige Wäsche gewaschen werden und das Gericht dann entscheiden, wer mit seinem Verhalten die Ehe ruiniert hatte. Zweifellos gehört die Reform des Ehescheidungsrechts von 1977 in den Umkreis der »Sexuellen Revolution«. Indem er das Schuldprinzip durch das Zerrüttungsprinzip ersetzte, zog sich der Staat aus der Rolle des Schiedsrichters im Beziehungskuddelmuddel zurück und beschränkte sich auf die Klärung von Vermögensfragen und Unterhaltsansprüchen. Anders als in Japan und China kann es also bei uns eine amtliche Statistik der Scheidungsgründe, der echten oder falschen, nicht mehr geben. Ein Schuldspruch wird nicht mehr gefällt.

Mögen Frauenpolitikerinnen aller Couleur, meist im Namen der betroffenen Kinder, oft auch der durch Scheidung ökonomisch geschädigten Frauen, die hohe Instabilität von Ehebeziehungen beklagen, so wird doch von niemandem eine Rückkehr zum alten Scheidungsrecht gefordert. Warum eigentlich nicht? Ein Schuldspruch dürfte doch in der Regel zu Lasten des Mannes gehen und der Frau, die sich ebenso regelhaft für die Beziehung, die Kinder, die Familienarbeit also, bis an die Grenzen ihrer Kraft und ihrer Geduld aufgeopfert hat, wenigstens moralisch Genugtuung geben. Von der Enthaltsamkeit der Justiz profitieren also die Männer.

Noch ist diese Rechnung mein Gedankenspiel – im Hinblick auf andere Gesetzesänderungen im Umkreis der »Sexuellen Revolution« und ihre beklagenswerten Folgen werden sie aber schon länger von Frauenpolitikerinnen angestellt. Daß die Verbreitung empfängnisverhütender Mittel und die Reform des Abtreibungsrechts die Frauen nicht nur zur Selbstbestimmung befreit, sondern ebenso ihre für Männer risikolose Verfügbarkeit als Sexualobjekt erhöht hat, ist ein Gedanke, der Katholiken und Feministinnen nicht fremd ist. Die Aufhebung des Pornographieverbots 1973 leitete nach Überzeugung der bayerischen Sozialministerin Barbara Stamm (CSU) einen Sitten- und Werteverfall ein, der uns nun bis in den Sumpf geführt hat, wo scheinbar Kindesmißbrauch und Kinderpornographie im Internet zum tolerierten Massensport geworden sind.[8] Mitte der achtziger Jahre initiierte Alice Schwarzer mit ihrer Zeitschrift *Emma* die »Por-No«-Kampagne, eine Übernahme aus den Vereinigten Staaten und auch in der Frauenbewegung damals nicht unumstritten. Daß 1973 jemand gegen die Gesetzesänderung protestiert hätte, wüßte ich nicht. Warum aber dann zehn, fünfzehn Jahre später, so daß heute unter dem Deckmantel des Kinderschutzes und der Furcht vor einer neuen, schwer zu kontrollierenden Technologie die ganze »Sexuelle Revolution« in Frage gestellt werden kann?

Betrachtet man die sexualpolitische Entwicklung der vergangenen drei Jahrzehnte, an der die Frauenbewegung großen Anteil hatte und bei der sie fast allein bestimmend ist, dann muß man sehr bezweifeln, ob die genuine Liberalisierung der siebziger Jahre, die Umstellung von strafrechtlich bewehrten Konventionen auf individuelle Verantwortung und Entscheidung, von der Gesellschaft und von den Frauen im besonderen verkraftet worden ist. Während der Kampf gegen den § 218 und die bevormundende Männermedizin zeitweise geradezu das organisatorische und ideologische Rückgrat der Frauenbewegung bildeten und die Selbstbestimmung einen richtigen Sprung nach vorn zu machen schien, fing nach wenigen Jahren etwas an, was man nur als leidenschaftliche Opferwerbung sehen kann. Frauen, die zur Übung schwesterlicher Solidarität wohl bereit waren, persönlich aber jede Erfahrung mit sexueller Gewalt bestritten, wurden unter Druck gesetzt, sich besser zu erinnern. Wer gar Zweifel am Realitätsgehalt mancher Konstruktionen äußerte, wurde schmutziger Motive verdächtigt und isoliert. Immer neue, unerhörte Szenarien sexueller Gewalt wurden im Laufe der Jahre entwickelt und weit über die engere Frauenszene hinaus in die Gesellschaft getragen und popularisiert.[9] Käme heute ein überirdisches Wesen zu uns und könnte wenigstens Zeitung lesen und Fernsehbilder entziffern, müßte er die Überzeugung gewinnen, daß seit Jahren die Lage der Frauen sich kontinuierlich verschlechtert hat, in eigentümlichem Gleichschritt mit Frauenbewegung und Frauenpolitik, mit der Etablierung von Frauenforschung an den Universitäten, mit der Einrichtung von Rettungsstellen aller Art. Von Selbstbestimmung kann keine Rede mehr sein, es sei denn in der neuen Auffassung von ihr. Danach wäre die Frau selbstbestimmt, die ihre Opferrolle annimmt, sie aber nicht für sich behält, sondern ihre Klagen und Beschwerden da abliefert, wo der Platz für sie schon reserviert ist.

Sämtliche in den vergangenen Jahrzehnten entwickelten sexuellen Gewaltszenarien haben, auch wenn sie teilweise sehr populär geworden sind, einen Nachteil. Sie passen nicht zur Stagnation der Zahlen, die die Kriminalstatistik meldet; noch bedenklicher, daß die Opfer, die dort nicht auftauchen, sich als Opfer auch anderswo nicht outen und wenn doch, dann andere Wege als die vorgeschriebenen gehen, um sich selbst zu helfen. Von den Methoden, die Kluft zwischen einer gut begründeten Diagnostik und dem tatsächlichen weiblichen Krankheitsverlauf im Patriarchat zu überbrücken, wird noch zu handeln sein.

Fest steht, daß diese Kluft bei allen sexuellen Gewaltszenarien ein Problem dastellt, gleich ob es sich um die dramatische Vergewaltigung (im sozialen Nahraum, in der Ehe, im Krieg) oder um die komödiantische Belästigung (am Arbeits- oder Studienplatz, auf der Straße oder in öffentlichen Verkehrsmitteln) handelt. Wer an ihnen unkorrigierbar festhält, stellt die Wahrheit über die Wirklichkeit, den feministischen Anspruch über die Frauen. Es hat mit den bürgerlichen Wurzeln des Feminismus in der Studentenbewegung zu tun, daß seine Wahrheit immer in der Sprache der Institution daherkam, in der man heimisch war und blieb, der Universität. Die Übernahme des akademischen Jargons und der wissenschaftlichen Ritualistik hat viel dazu beigetragen, daß die Erforschung der weiblichen Existenz nach der Gleichberechtigung ein ganz unwahrscheinliches Projekt geworden ist. Mit dem unglücklichen Bewußtsein, das am Anfang der Frauenbewegung steht, hat sie nicht auf das alte Patriarchat, sondern auf eine neue Situation reagiert, auch wenn man sich bis heute müht, mit wissenschaftlichen Methoden, die sich selbst schon parodieren, das Gegenteil zu beweisen.

Exkurs I
Wenn Frauen forschen

Am Anfang war das Dogma. Auf einem internationalen Tribunal in Brüssel im Jahr 1976 wandte man sich zwar noch allen Formen der Gewalt gegen Frauen zu; die Definition, welche man dort für sie fand, wies aber schon auf die Karriere der sexuellen Gewalt in den folgenden Jahren hin: »Gewalt ist jeglicher Angriff auf die Integrität des Körpers der Frau und die Freiheit ihrer Entscheidungen. Die in allen Gesellschaften der Frau zugedachte Stellung ist ein einheitlicher Komplex von psychischer, physischer, sozialer und wirtschaftlicher Gewalt. Jede Frau ist ihr täglich ausgeliefert. Eine wichtige Form nimmt die physische Gewalt ein. Zwischen den extremen Formen der physischen und subtileren psychischen und sozialen besteht ein enger Zusammenhang. Sie sind eine Form der Mißachtung der Frau, die zu einem solchen Maße gesellschaftlich akzeptiert ist, daß sie von Männern überhaupt nicht wahrgenommen und von Frauen als notwendiges Übel ihres Frauseins oder als biologisch berechtigte Form der sexuellen Beziehung zwischen Mann und Frau hingenommen wird. Physische Gewalt steht in den meisten Fällen im direkten Zusammenhang mit dem weiblichen Körper, der Reproduktionsfähigkeit der Frau und ihrer Sexualität. Sie ist somit die extremste Form des in allen Gesellschaften vorhandenen Frauenhasses, als Ausdruck patriarchalischer Herrschaft. Die anderen Formen der Gewalt stützen sich auf diese Verachtung des weiblichen Körpers, auf die Angst der Frauen vor Bestrafung für ein Ausbrechen aus ihrer vorgegebenen Rolle. Furchtlosigkeit wird als Provokation gegen die Männerwelt verstanden und entsprechend sanktioniert. Die Vergewaltigung kann als der klassische Akt der Unterdrückung gesehen werden, durch die die Aneignung fremden Eigentums sexuell veranschaulicht und vollzogen wird.«[10]

Man könnte dieses Beispiel feministischen Dogmatisierens im Archiv unter der allgemeinen Überschrift »politisches Sektenwesen der siebziger Jahre« ablegen, wenn es sich nicht, im Unterschied zu den linken Theorien, frisch gehalten hätte. Der Feminismus traf und trifft eben bis heute etwas, das sich nicht mit dem Erwachsenwerden erledigen ließ. Aber was? Besser als die linken Sekten war und ist der Feminismus gegen Enttäuschungen im Alltag seiner zahlreichen, nicht formell registrierten Mitglieder gefeit. Andere Weltanschauungen, die auf Dogmen beruhen, behalten auch ihren Nutzen, insofern sie nicht widerlegt werden können. Ihre Anwendung ist aber beschränkt, oft auf innere Monologe ohne Publikum. Mit dem Feminismus dagegen kann man immer etwas anfangen, laut oder leise. Sollten Frauen sich einer Schwester einmal widersetzen, dann bleiben immer noch die Männer als Adressaten, die vieldeutig schweigen. Es ist immer wie auf dem Schulweg: Werden Mädchen aus Achtung oder Mißachtung nicht geschlagen? Wenn man Frauen nicht widerspricht, heißt das, daß man ihnen recht gibt, erklärt man sich für inkompetent, desinteressiert oder versagt man sich jeden Widerspruch aus einem diffusen Schuldgefühl, das Männer begleitet, seit sie ihre Mutter verlassen haben? Ein Gedanke sei am Rande angedeutet. Frauenhaß und Frauenverachtung im Patriarchat stehen im Widerspruch zu der Tatsache, daß die erste und gewiß wichtigste Frau im Leben eines Mannes seine Mutter ist. Wenn Weltanschauungen sich widerlegen ließen, hätte man doch hier einen guten Punkt, um anzuknüpfen ...

Ich unterlasse das, weil ich es nicht nur für einen Fehler, sondern gewissermaßen für die Ur- und Erbsünde der Frauenbewegung halte, sich auch heute noch bloß als das »andere«, das zweite, abhängige Geschlecht zu verstehen, als das Simone de Beauvoir uns 1949 scharfsinnig beschrieben hat, sicher nicht mit der Absicht, uns qua Analyse in dieser Position zu fixieren. Interessant ist also nicht, was an der Definition von Männergewalt gegen Frauen auf dem Brüsseler Kongreß von 1976 irgendwie wissenschaftlich, historisch, politisch haltbar oder sinnvoll, was lächerlich und albern, ja, wahnhaft erscheint – jedenfalls mir und anderen Außenstehenden. Interessant ist vielmehr, welche andauernde weibliche Seelenstimmung hier um den passenden Ausdruck ringt.

Es fällt auf, es fällt generell bei Betrachtung der Geschichte der Frauenbewegung auf, daß die wüstesten Analysen und Denunziationen der Männerherrschaft samt provozierenden Aktionen und Demonstrationen nie dazu geführt haben, feministische Aktivistinnen irgendeiner Verfolgung auszusetzen, die auch nur entfernt der Verfolgung etwa von »RAF-Sympathisanten« oder DKP-Mitgliedern im Zusammenhang mit dem Radikalenerlaß von 1972 undsoweiterundsofort ähneln. Haben die Brüsseler Thesen, haben irgendwelche schrillen Anklagen von Alice Schwarzer – eine für alle – den Verfassungsschutz des Patriarchats auf den Plan gerufen? Nix und null.

Nehme ich das zur Kenntnis und versetze ich mich versuchsweise in die Stimmung der Frauen, die in Brüssel 1976 männliche Gewaltherrschaft definierten. Eigentlich ist die Lage aller Frauen in allen Gesellschaften nicht bloß katastrophal, sie ist auch hoffnungslos. Die Gewalt auf der Grundlage von Haß und Verachtung ist so allgemein, daß Männer sie gar nicht wahrnehmen und Frauen sie für ihr natürliches Schicksal halten. Außerdem hält die Angst sie an ihrem Platz. Wer sich wehrt, wird bestraft.

Diese deprimierende Analyse gilt für Frauen an sich in der sagenhaften Funktion der verfolgten Unschuld, der gefangenen Jungfrau, nicht für die Frauen in Brüssel, die solche Analysen verfassen. Sie werfen der Männerwelt furchtlos den Fehdehandschuh hin, sind bereit, in den Krieg zu ziehen und ihre Kräfte mit dem Feind zu messen. Der ist wirklich überall zu vermuten, kann sich chamäleonhaft verwandeln und ist deshalb auch unheimlich. Die Idee der männlichen Gewaltherrschaft, die nur wenige Fluchtwege offenläßt, kommt einem großen Bedürfnis nach Schwarzer Romantik entgegen, in der das Böse seine Zauberkraft entfaltet. Die Blumen sind vergiftet, die glückliche Flucht führt in die Falle, der Retter in der Not entpuppt sich als der Oger ... Die Devise der Schwarzen Romantik lautet: Alles (Böse) ist möglich. Sie fehlt in keiner noch so banalen Auslassung über Männergewalt. Die mit riesigen, immer geschätzten und hochgerechneten Zahlen geschmückte Beweisführung setzt die Phantasie in Gang, dann setzt sie sich mit heiligem Schauder vor dem Bild des gefährlichen Mannes nieder, der es womöglich auf uns abgesehen hat. »Nach Schätzungen des Bundesministeriums für Jugend, Frauen, Familie und Gesundheit aus dem Jahr 1989 werden pro Jahr vier Millionen Frauen und 500 000 Kinder von Männern mißhandelt. (...) Es sind nicht nur alkoholisierte Männer aus der Unterschicht, die ihre Aggressionen an Frau und Kindern auslassen, sondern genauso Männer aus den besten Kreisen – gleichgültig wie alt ein Mann und wie gebildet, es gibt keine Gewähr dafür, daß er nicht gewalttätig wird.«[11] Alles ist möglich, jeder Mann ein potentieller Täter, jede Frau ein potentielles Opfer.

Weil so gut wie alles, was über Gewalt aus der Frauenbewegung zu erfahren ist, aus phantasievoll beschriebenem Papier besteht, tut man keinem wirklichen Opfer mit einer kritischen Deutung unrecht. Zwei Optionen sind attraktiv: die kriegerisch-aggressive und die hysterisch-pädagogische. Dort wollen Frauen ihre Opferrolle verlernen und notfalls imstande sein, es Männern mit gleicher Münze heimzuzahlen. Das geschieht mittels Rhetorik-Seminaren und Selbstverteidigungskursen. Filme wie *Thelma und Louise* können Mut machen, auch wenn eine Nachahmung von Mord und Totschlag nicht zu empfehlen ist. Wer auf die hysterisch-pädagogische Option setzt, wappnet sich nicht in Erwartung eines Angriffs, sondern vertieft sich im Gegenteil in die Schleimspuren der Gewalt: registriert sie, benennt sie und sensibilisiert Opfer wie Täter in der Hoffnung auf Besserung. Auf die Forschung folgen Programme zur Prävention, zur Fortbildung einschlägiger Berufe, zur Auflage von Therapieangeboten.

Politisch gesehen ist die »Sexuelle Gewalt« eine Erfolgsgeschichte und hat mit einigen ihrer Unterformen aus der Frauenbewegung heraus den Weg ins breite Publikum gefunden. Das ändert aber nichts daran, daß es sich hier um ein bloßes weltanschauliches Angebot handelt, um Reaktion, Phantasie und Wunschdenken unter der Überschrift Aufklärung. Die Rolle, die die Sozialwissenschaft dabei gespielt hat, ist ziemlich unrühmlich. Einerseits haben, mit den besten Absichten und zweifellos aus feministischer Überzeugung heraus, Frauen sonderbare Forschungen und Gutachten angefertigt, die normalerweise wohl nicht akzeptiert und ohne jede Kritik aus der wissenschaftlichen Gemeinschaft durchgegangen wären. Das gilt für große Untersuchungen und Projektberichte, die von Bundesministerien bezahlt wurden ebenso wie für zahllose kleinere, die Länderministerien, Parteien oder Verbände in Auftrag gegeben haben.[12] Frauen scheinen immer noch unschlagbar zu sein, wenn es um spezifische Frauenbelange geht, zu denen die Sexuelle Gewalt ganz exquisit gezählt wird. Eisern schweigen die Sozialwissenschaftler, so wie Schulbuben sich an die Regel halten: Mädchen schlägt man nicht! Mögen die sie auch getreten und schwer beleidigt haben ... Andererseits fragt man sich, ob es der Sache der Frauen nützt, wenn man ihren Fürsprecherinnen – ob aus Gleichgültigkeit oder Großzügigkeit, steht ja auch dahin – keine Grenzen setzt?

Ein früher Bestseller behauptet: »Mädchen werden nicht geboren«, sondern per geschlechtsspezifischer Erziehung gemacht. Was sie ohne diese wären – ein Neutrum Mensch vielleicht –, blieb offen. Heterosexualität wird gelernt, behauptete man zeitweise auch in der Frauenbewegung; deshalb konnte die politisch opportune lesbische Lebensform bei Wunsch und Bedarf auch erworben werden. Lange bevor der Konstruktivismus oder Dekonstruktivismus modern wurde, hatte er in der Frauenbewegung schon Anhänger. Wenn etwas gesellschaftlich »bedingt« ist, ist es nur noch relativ gültig und kann womöglich geändert werden. Die Rollentheorie suggerierte, man könne, was man gelernt habe und nun immerfort »spiele«, auch durch neue und bessere Skripts ersetzen. Die Attraktivität dieses Ansatzes bis hin zur Behauptung von Judith Butler, nicht nur das soziale (»gender«), sondern auch das biologische Geschlecht (»sex«) sei das Ergebnis willkürlicher Prozesse und käme in der Travestie der Geschlechter zur höheren machtkritischen Wahrheit, beruht nicht nur auf der Unzufriedenheit mit sich selbst und dem Wunsch nach Veränderung, sondern ebenso auf der Verleugnung einer Differenz, unter der offenbar nur Frauen leiden. Aus naheliegenden Gründen ist Butlers Dekonstruktion vor allem bei lesbischen Feministinnen aufgenommen worden. Wer heterosexuell und damit auch hysterisch-pädagogisch optiert hat, kann mit der »Diskriminierung« in allen ihren Varianten mehr anfangen. Diskriminierung ist wenigstens so subversiv wie die Geschlechtertravestie und außerdem im Alltag, im Unterschied zu dieser, als dekonstruktive Praxis leichter und effektiver zu handhaben. Man wird nämlich nicht diskriminiert von irgendeinem Mann, wie es oberflächlicher Betrachtung scheint. Es ist vielmehr so, daß nur Frauen diskriminierende Akte identifizieren können, immer nach der Devise: Ich bin nicht die, als die ich dir scheine, sondern anders.

1993 war in der Freien Universität Berlin ein lilafarbener Aushang der Frauenbeauftragten zu sehen: »Für eine Studie suchen wir dringend Studentinnen, die von Dozenten sexuell belästigt werden/worden sind und bereit sind, uns darüber für ein etwa einstündiges Interview zur Verfügung zu stehen.«

Man stolpert über das Wort »dringend«. Ist das hart erkämpfte Büro der Frauenbeauftragten um Kundschaft verlegen? Weil auch 1993 Frauen über ihre Probleme unzureichend aufgeklärt sind, teilt der Aushang mit, was heutzutage unter »sexueller Belästigung« zu verstehen ist. Man weiß ja, daß nicht nur Männern, sondern auch Frauen die Tatsachen des Lebens im Patriarchat unbekannt sind. »Unter sexueller Belästigung verstehen wir unter anderem Witze oder ›Aufziehen‹ mit sexuellen Anspielungen; einen kleinmachenden, nicht ernstnehmenden, entmündigenden Umgang mit Frauen; anzügliche Bemerkungen über Aussehen, Figur oder Kleidung; Versuche zu flirten, wenn bei Wortbeiträgen Sachlichkeit angesagt wäre; Benutzung von Lehrmaterialien oder Fallbeispielen, die sexuelle Anspielungen enthalten; Andeutungen, daß sexuelles Entgegenkommen die Studiensituation und das berufliche Weiterkommen günstig beeinflussen könnte; körperliche Annäherungsversuche ...«[13]

Dieses großzügige, der hysterisch-pädagogischen Fraktion riesige Freiräume und Beschwerdemöglichkeiten eröffnende Angebot resultierte in neun Fällen, was der bundesweiten Anwendung der Ergebnisse aber nicht geschadet hat. Die Frage ist: Hat man unter den vielen Tausenden Berliner Studentinnen, die im Prinzip unter der Männergewalt seufzen müßten, die herausgefunden, die schon so schlau und mutig sind, das zu erkennen und zu Protokoll zu geben – oder haben wir es bei den neun mit dem Typus von Querulanten zu tun, die sich jederzeit finden, wenn eine Beschwerdemöglichkeit angeboten wird? Und notfalls tun sie's auch ohne?

1995 durfte eine der Berliner Forscherinnen in München referieren. An der dortigen Universität gibt es auch eine Frauenbeauftragte, damals mit Namen Hadumod Bußmann. Gegen enormen Widerstand hat sie im Senat ihrer Universität durchgesetzt, daß im Frauenförderplan auch ein Absatz enthalten ist, der den Schutz der Frauen vor Gewalt ausdrücklich nennt. Den Widerstand im Senat und die niedrige Zahl der kooperativen Opfer erklären sich Bußmann und die Berliner Forscherin mit einem recht sonderbaren Argument. Man habe es, erklärt die eine, mit einem Tabu zu tun. Gerade das, was angeblich nicht existiert, ist das Hauptproblem. Die Berlinerin mit ihren neun Fällen hat auch eine schlagende Erklärung parat. Die Angst vor den Tätern ist so groß, daß nur neun Frauen so tapfer waren, sich dem Risiko ihrer Rache auszusetzen. »Bei allen neun Beispielen, von denen Claudia Toelle aus Berlin berichtete, handelte es sich um verbale, teilweise auch handgreifliche Diskriminierungen, die zur Folge hatten, daß die Beteiligten den Lehrstuhl wechselten oder gleich ihr Studium an den Nagel hängten.«[14]

Zyniker könnten bei den »verbalen«, »teilweise« auch handgreiflichen neun Übergriffen auf Studentinnen anmahnen, daß die Krankenkassen hier bitteschön eine Therapie erstatten müßten. Vielleicht wäre zu verlangen, daß der Umgang mit verbal oder »teilweise« handgreiflich diskriminierten Studentinnen nur speziell geschulten Psychologinnen anzuvertrauen wäre?

Zyniker haben nichts zu melden, wenn es um Diskriminierung geht. Alles, was sie sich je ausdenken könnten, ist längst Realität in der Welt der Frauenbeauftragten. Neun Studentinnen, völlig vorbei an allen Regeln auch der schlichtesten Sozialforschung, müssen dafür herhalten, die sexuelle Gewalt an der Uni plausibel zu machen. Dann zeigt eine nächste Studie, daß Berliner Prüflinge sich diskriminiert fühlen, es aber nur selten beweisen können.[15] Die Frauenbeauftragte der Freien Universität Berlin ließ 700 weibliche Absolventinnen anschreiben. Fünfzig haben geantwortet – von denen zwanzig ausgewählt wurden, warum auch immer, um Nachricht aus der Welt der Diskriminierung zu geben. »Häufig klagen Frauen über das zur Schau getragene Desinteresse von Prüfern ... Mehrere Frauen bekommen von ihren Prüfern zu hören, daß man von ihnen ohnehin nur sehr geringe Leistungen erwarte oder daß sie besser gleich heiraten sollten, da im Wissenschaftsbetrieb ohnehin kein Platz für Frauen sei.«

Hier neun Frauen, die sich von Dozenten belästigt, da zwanzig, die geeignet scheinen, ihre Prüfungssituation auch noch feministisch nachzubereiten – die Frauenverweigerung gegenüber der Frauenbeauftragten und ihren Forscherinnen kann diese nicht irritieren. 1997 widmet sich eine Vortragsreihe an der Berliner Freien Universität der sexuellen Belästigung und ihren Folgen, was nicht weiter verwundert, da ja über viele Jahre einschlägig geforscht worden ist. Der Eröffnungsvortrag konzentrierte sich auf die psychischen Folgen der sexuellen Belästigung.[16] »Die Betroffenen, von der Referentin als durchaus selbstbewußt, normal verunsicherbar charakterisiert, fühlten sich durch den Machtmißbrauch des Lehrers tief gekränkt und beschämt. Nur die Mächtigen selbst werteten die Reaktionen als Empfindlichkeit und Prüderie.« Warum eine junge Frau durch eine unerwünschte Annäherung »tief gekränkt und beschämt« werden soll, ist spontan wohl nur denen verständlich, die in der Welt hysterisch-pädagogischer Sexualforschung schon länger heimisch sind. Vollends verwirrt ist man durch die großzügige Erlaubnis zu »Erotik, Flirt und Liebe auch zwischen den Statusgruppen einer Universität«, welche die Referentin am Ende erteilt, hatte man doch bisher vermutet, es würde eine streng sachliche Atmosphäre angemahnt, in der Frauen nicht als Sexualobjekte ins Visier männlicher Begierden genommen werden dürften. Wenn nur die dringende Nachfrage Betroffene und ihre mutmaßlichen Täter in mikroskopischer Größe zutage fördert, dann kann man wohl davon ausgehen, daß die weiblichen und männlichen Menschen an der Universität weder auf diese Erlaubnis noch auf neue, sensible Uminterpretationen ihres Beziehungslebens angewiesen sind.

Ein Panzer für die Bundeswehr kostet vermutlich mehr Geld, als für Forschungen und Vortragsreihen, Bücher und Broschüren im Haushaltsansatz einer Frauenbeauftragten zum Thema Sexuelle Gewalt ausgewiesen ist. Das allein relativiert die Kritik, auch wenn der Schaden, der hin und wieder zu beklagen ist, hoch sein kann.[17]

Exkurs II
Das Männerbild der Frauenbewegung

Die andauernde, über die Jahre alle Entwicklung lähmende Sexualisierung der Frauenfrage hat mehrere Gründe. Einer davon liegt in der politischen Unfähigkeit der Frauenbewegung, Feminismus und Lesbianismus auseinanderzuhalten. Eine gewisse Gruppe von lesbischen Frauen nutzte und nutzt bis heute das frauenpolitische Engagement zum Ausleben ihrer persönlichen sexuellen Phantasmen. Der zweite Grund ist in dem Erfolg zu suchen, den eine skandalisierte Sexualität in den Medien gefunden hat. Sexuelle Gewalt oder das, was man dazu erklärt hat, ist der Passierschein auf dem Weg in die Öffentlichkeit nicht nur für Frauenministerinnen, sondern zunehmend auch für andere Politiker, deren Sachkunde auf diesem Gebiet sich umgekehrt proportional zu ihrem Bedürfnis verhält, sich risikolos moralisch zu profilieren. Drittens entstammen die Vorstellung von heterosexuellen Beziehungen, die Selbstbilder und Wunschbilder der Weiblichkeit, kurzum, die ganze feministische Auffassung der Sexualität, biographisch dem Jugendalter, das sich bekanntlich mit jedem Jahrgang erneuert. Da die Frauenbewegung andererseits nur ausgelaufen, in ihren Protagonistinnen bloß älter, nicht klüger und weiser geworden ist und keine Tradition begründet hat, behalten auch die durchsichtigsten Irrtümer ihre zeitlose, sterile Frische.

Das ganze Elend der Stagnation läßt sich mit einigen Beobachtungen zum Wirken von Alice Schwarzer wenigstens skizzieren. Wie keine andere Frau hat sie mit ihren Initiativen,

Büchern und öffentlichen Auftritten die westdeutsche Frauenbewegung bestimmt und in ihrer Person den Feminismus weit über die Bewegung hinaus populär gemacht. Dieser Zustand schließt Anfeindungen nicht aus, inzwischen aber das Bundesverdienstkreuz auch ein. In ihrer Biographie widmet Bascha Mika, eine jüngere Journalistin und Trägerin des »Emma«-Preises für Journalistinnen 1994, eine Reihe von Seiten der Frage, warum Alice Schwarzer sich bis heute nicht als Lesbe bekannt hat.[18] Verübelt wurde und wird ihr das von vielen andern politisch-feministisch-minderheitenpolitisch engagierten Frauen. Wenn das Schicksal oder, weniger pathetisch, die Lebensqualität diskriminierter Minderheiten auch von ihrer Sichtbarkeit abhängt, durch die sie normalisiert werden, dann ist die Enttäuschung über Schwarzers Verhalten zu verstehen. Für die frühen Jahre akzeptiert Mika Schwarzers Schweigen; es hätte der Frauensache wohl im allgemeinen eher geschadet, wenn man neben der radikalen Feministin der Öffentlichkeit auch noch eine lesbische Frau zugemutet hätte. Trotz der Parole vom Privaten, das politisch ist, weil Frauen gerade durch die Ausklammerung des Privaten ihre spezifische Unterdrückung erfahren, eine Parole, die Schwarzer immer wieder öffentlich verbreitet hat, trotz dieser und anderer Widersprüche, könnte man Schwarzer dennoch jenseits der ideologischen Konsequenz ihr Recht auf Privatleben zugestehen. Als Biographin, die eine öffentliche Person in Tateinheit mit einem Menschen zu porträtieren hat und wohl auch als überzeugte Feministin, läßt Mika die Antwort in der Schwebe.

Wenn man aber die Sexualisierung der Frauenfrage auch auf die schlechte Politisierung eines teils lesbischen, teils jugendlichen Zerrbilds heterosexueller Beziehungen zurückführt, dann kann man sich die Deutung des Schwarzerschen Schweigens nicht ersparen. Wer so schlagfertig ist wie sie und um viele, viele Worte so wenig verlegen, daß Widerspruch zwecklos ist, weil schon ein ›aber‹, schon gar ein ›vielleicht‹ nur seine Schwäche beweist, der sollte doch auch hier eine vermittelbare Position formulieren können.

Lehrreich ist ein Blick auf die Geschichte der Schwulenbewegung. Für kurze Zeit hat man hier mit horrenden Zahlen über »eigentlich« homosexuelle oder wenigstens bisexuelle Männer versucht, Politik zu machen. Wie viele sollten da in den Ketten der gesellschaftlich angeordneten Zwangsheterosexualität schmachten! Vom durchsichtigen Versuch, sich per konstruierter Masse zu normalisieren, konnten sich die Schwulen um so schneller verabschieden, als für sie die sexuelle Liberalisierung erfolgreich verlief. Viele ihrer theatralischen Inszenierungen amüsieren inzwischen sogar ein kleinbürgerliches, ängstliches Publikum, aus dem sich sonst die schlimmsten Verfolger und Denunzianten rekrutierten. Die lesbischen Frauen haben solche spektakulären Erfolge nicht vorzuweisen – das ist keine Kritik, sondern eine Beobachtung. Vermutlich haben Schwule und Lesben nicht mehr gemein als ihre Wahrnehmung als sexuelle Minderheit durch die heterosexuelle Mehrheit.

Das erklärt aber nicht, warum die lesbischen Frauen – die Bandbreite zwischen Alice Schwarzer, Andrea Dworkin und Judith Butler ist groß – sich nicht aus der feministischen Sexualpolitik zurückgezogen, sondern sie im Gegenteil zu ihrer Spezialität gemacht haben. Man stelle sich nur einmal vor, schwule Männer ließen sich über die Bedeutung der weiblichen primären und sekundären Geschlechtsmerkmale aus – dann hätten wir ein Äquivalent für Andrea Dworkins oder Schwarzers Ausführungen über die Attraktivität des sogenannten Zipfels und seiner penetrativen Potenz. Schwule haben mit ihrer Befreiung vom Gesetzesdruck die Möglichkeit verloren, ihre sexuelle Orientierung politisch-progressiv zu überhöhen. Das unterscheidet sie von den feministisch verbrämten Lesben, die, statt ihre Praxis und Theorie weiterzuentwickeln, als »FrauenLesbenzusammenhänge« den traurigen Rest der Frauenbewegung verkörpern. Vielleicht besteht ja auch kein Bedarf danach, weil Lesbischsein – um Max Goldts Diktum abzuwandeln – auf keinen Fall abendfüllend ist, sowenig wie Heterosexuellsein für Frauen. Das glaubt bloß Alice Schwarzer. Zum Beispiel.

Liest man heute Schwarzers Bestseller *Der kleine Unterschied und seine großen Folgen* von 1975, dem allgemein attestiert wird, zumindest damals sehr, sehr wichtig gewesen zu sein, dann ist man über die naive Radikalität seiner Konzepte erstaunt.[19] Das Buch hat drei Hauptteile. Der erste führt uns unter der Überschrift »Protokolle« in eine feministische Klinik, wo eine Halbgöttin in Weiß uns ihre Patientinnen vorstellt, die alle an der Krankheit »Patriarchat« leiden, verkörpert vor allem in ihren Ehe- und sonstigen Männern. Teil zwei erläutert, Fragen überflüssig, Widerspruch zwecklos, in manischer Prosa, die Schwarzers Spezialität ist, wie Frauen speziell durch die »befreite« Sexualität unterdrückt werden. Teil drei singt das Hohelied der Erwerbstätigkeit für Frauen, ohne die an eine individuelle Emanzipation überhaupt nicht zu denken ist.

In meinem Zusammenhang sind die folgenden Themen interessant: 1. Der »Zipfel« rechtfertigt nicht, »daß aus Menschen nicht schlicht Menschen, sondern Männer und Frauen gemacht werden«. 2. »Nicht Penis und Uterus machen uns zu Männern und Frauen, sondern Macht und Ohnmacht.« 3. Lustvolle Sexualität braucht keinen Penis. 4. Die Penetration ist nur zur Kindererzeugung unumgänglich. Dieses Zugeständnis an die Zweigeschlechtlichkeit des Menschen könnte heute, dank des medizinischen Fortschritts, auch noch entfallen.

Es unterscheidet offenbar manche lesbische Frau von allen schwulen Männern, daß sie keine zureichende, schon gar keine positive Vorstellung von ihrem Geschlecht hat. Da bleibt dann nur die blasse Utopie vom »schlichten Menschen«, der gar kein Geschlecht hat – wie ein Engel. Die Grenze zum kindlichen Wunschdenken, zur Verleugnung ist bereits überschritten. Die Vereindeutigung von Macht und Ohnmacht in den Beziehungen der Geschlechter weist auf eine unreife Idee vom Liebesakt als Vergewaltigung hin. Bei Männern führt sie zur Impotenz, weil sie noch vor dem Schuldgefühl die Kastrationsangst mobilisiert. Die Häme, welche über den »Zipfel« gegossen wird, paßt auch sehr schlecht zu den Gewalttaten, bei denen der Penis als das Schwert Excalibur imaginiert wird: »Auch ist die psychologische Bedeutung dieses in sich gewaltsamen Aktes des Eindringens der Männer sicherlich nicht zu unterschätzen (...) Außerdem wird für viele Männer Gewalt gleich Lust sein und darum die Penetration vielleicht heute doch auch das lustvollste.« Der Penisgewalt entspricht auf seiten der Frau die Verdammung zur Passivität beim Koitus.

Komme ich nun zum traurigsten Teil dieser Sexologie, zur Lusterzeugung zwischen schlichten Menschen. Hier hat die »Sexuelle Revolution« schlimme Spuren hinterlassen. Schwarzer weist im Grunde nach, daß Frauen mindestens so gut die entscheidenden Knöpfe bedienen können, wenn es um Lusterzeugung geht, wie die Männer, die durch ihren Penis an den richtigen Strategien ja eher gehindert werden. Was als jugendliche Rebellion gegen überholte Moralvorstellungen einmal durchgehen mochte an rohem und rüdem Verhalten, hat die meisten später nicht gehindert, den Unterschied zwischen Masturbation, mutueller Onanie und einer Liebesbeziehung, zwischen Verführung und Vergewaltigung, zwischen Mißverständnissen und Mißbrauch zu begreifen. Aber diese Lernfortschritte im Leben sind in die Frauenpolitik nicht eingegangen. Dort ebenso wie im Kopf von Schwarzer ist der Mann der potentielle Täter, der schwanzfixierte Macho geblieben, wie ihr Kommentar zur Potenzpille »Viagra« zeigt.[20]

Auf das Coming-out von Alice Schwarzer braucht man nicht zu warten. Es würde an der Verknüpfung von Feminismus und Lesbianismus nichts ändern. Manche lesbischen Frauen und manche Frauenpolitikerinnen treffen sich, wenn es um Sexualität geht, auf ewig dort, wo sie einmal zwölf Jahre alt waren. Die einen hatten Angst und schwelgten in Szenarien von Gewalt und Verfolgung – die andern hatten auch Angst, ließen sich aber nie etwas anmerken, sondern wußten kerliger als ein Kerl der Pubertät und den Männern zu trotzen, die, der Gerechtigkeit halber muß es gesagt sein, ebenfalls Angst hatten oder diese Angst verleugneten ...

Schwarzer hat den Gestus und Tonfall des phallischen Bravado aus der Vorpubertät nie aufgegeben, kultiviert und zu ihrem Markenzeichen gemacht. Sollte es denn doch einmal um Frauensolidarität gehen, um gemeinsame weibliche Interessen, um Wahrheit und Politik, dann, muß ich gestehen, genier ich mich für sie. Aber, Gott sei Dank, darum geht es nicht; denn Schwarzer ist Schwarzer, und sonst gar nichts.

8
Von der Rebellion zur Reaktion: Eine Frage verschwindet

An schönen Würdigungen der Frauenbewegung fehlt es wirklich nicht. Bei jeder passenden Gelegenheit klopfen sich die Frauen selbst auf die Schulter. Aber auch bei Männern ist die moralische Unterstützung unserer Sache schon lange obligat. Selbstlob und einhellige Anerkennung kontrastieren merkwürdig zu dem Eindruck, daß die Hindernisse, die sich vor dem Paradies der Gleichberechtigung, der Geschlechterdemokratie oder wie auch immer man diese Utopie bezeichnen will, auftürmen, sich im Lauf der Jahre nicht verringert, sonder rätselhafterweise vermehrt haben. Richtige Erfolge gibt es nicht einmal dort, wo arglose Menschen sie mit bloßem Auge zu sehen glauben.

Zum Beispiel im Bildungswesen. Die Zulassung der Mädchen zur Abiturprüfung und zum Universitätsstudium vor dem Ersten Weltkrieg steigerte ihre Teilnahme fast im Handumdrehen. Die sinkenden Klassen- und Geldschranken nach dem Zweiten Weltkrieg brachten ihren Anteil an der Abiturienten- und Studentenpopulation auf fünfzig Prozent. Feministische Agitation hatte daran das geringste Verdienst, wie wohl jede bezeugen kann, die im Verlauf der Jahrzehnte seit 1908 in den Genuß der Mädchenbildung gekommen ist; denn die Lehrerinnen an den Real- und Oberschulen waren recht konservativ – ebenso wie der Lehrplan. Pflichtfächer waren noch in den fünfziger Jahren Handarbeit, Hauswirtschaft und sogar Gartenbau! Eher ist die schnelle Steigerung der Bildungspartizipation der Mädchen eine Folge der demographischen Entwicklung. Bei sinkender Kinderzahl wird auch in die Ausbildung von Töchtern investiert: Beruf statt Aussteuer heißt die Devise. Aber nicht genug damit: Schnell haben sich die Mädchen auch als die besseren Schüler, die besseren Studenten und erfolgreicheren Universitätsabsolventen erwiesen. Es dauerte bloß eine kleine Weile, bis in den Jahren seit 1968 kritische Frauen die vielen Haare in der Suppe entdeckten.

Man stellte fest, daß die endlich durchgesetzte Koedukation zwar den Jungen nützt, den Mädchen aber eine Gratis-Sozialarbeit abverlangt, für die sie dann nicht einmal belobigt werden. Die Lehrkräfte, wiewohl meist weiblichen Geschlechts, scheinen sich generell viel mehr um die lauten Buben als die braven Mädchen zu bekümmern. Die Koedukation leistet einer Polarisierung der Geschlechter Vorschub, die die weiblichen Karrierechancen beschränkt. Man hat herausgefunden, daß die Mädchen in den zukunftsweisenden Fächern (Mathematik, Informatik, Technik) in der Gegenwart von Jungen ihre Talente nicht entfalten, weil diese Fächer als unweiblich gelten. Übel aufgefallen ist Schulforscherinnen in den letzten Jahren auch, daß weibliche Personen, wiewohl im Lehrkörper reichlich vorhanden, auf der Leitungsebene kaum noch vorkommen. Seit Jahren hat sich eine feministische Pädagogin außerdem auf den Nachweis spezialisiert, daß unser Schulsystem zusammenbräche, wenn nicht Mütter kostenlos in der Hausaufgabenbetreuung und bei der Nachhilfe ihrer Kinder eingesetzt würden.[1] Aus den Vereinigten Staaten verlautete kürzlich – und auch das ist natürlich für die Geschlechterdemokratie und eine feministische Pädagogik relevant –, daß das Selbstbewußtsein der Mädchen mit Beginn der Pubertät einen rätselhaften Dämpfer bekommt.

Anderswo nehmen viele Anstoß daran, daß Frauen eine fatale Neigung haben, Studienfächer und Berufe zu bevorzugen, mit denen nicht viel Geld und Ruhm zu ernten ist. Es scheint, als ob die Erweiterung des Arbeitsmarktes für bürgerliche

Töchter sich deckt mit dem Ausbau des Sozial- und Wohlfahrtsstaates, wo sie in die neuen und alten Lehr- und Sozialberufe strömen konnten.[2] Nun ist zwar noch nicht bekanntgeworden, daß Beamte oder Angestellte im öffentlichen Dienst verhungert sind, aber verglichen mit den Chancen eines Ingenieurs steht eine Sozialarbeiterin oder Kindergartenerzieherin schlecht da, auch wenn sie hervorragende Arbeit leistet. Ärgerlich ist für viele auch, daß Frauen der Teilzeitarbeit zuneigen, schon gar, wenn sie kleine Kinder haben. Sie schöpfen den Erziehungsurlaub aus, den die Väter aus Karrieregründen oder aus Abscheu vor dem Wickeltisch so gut wie gar nicht beanspruchen. Deshalb hat sich schon fast als Sprachregelung die Behauptung eingebürgert, daß gemeinerweise immer noch die Frauen vor der Alternative »Kind oder Karriere?« stünden, während Männer zweifelsfrei Karriere machen. Der Erfolg des Wortes »Karriere« im Zusammenhang von Familie und Beruf ist, das nur nebenbei, bezeichnend für die Fixierung der Durchschnittsfeministin auf Konkurrenz und Gleichheit. Wie viele Männer von den zahllosen, die es vermutlich versuchen, machen denn das, wofür das Wort »Karriere« eigentlich reserviert ist? Sich ein bißchen nach vorn zu arbeiten und nach oben zu hangeln, egal mit welcher Tätigkeit und mit welchem Produkt – ist das »Karriere«? Wenn also Frauen, wie gern gesagt wird, ihre Karriere den Kindern opfern müssen, dann fasse man doch bitte einmal die Verhältnisse ins Auge, wo große Firmen und Konzerne ihren Mitarbeitern Todesanzeigen spendieren, in denen dem teuren Toten für den Aufbau eines Vertriebssystems in Südamerika oder einer Innovation gedankt wird, die beide so banal sind, wie sie schnell veralten. Schon wahr, daß die großen Chefs bei ihrem Abtritt zahlreiche Abgesänge bekommen – aber im Schnitt sind Todesanzeigen für schlichte Mütter, Ehefrauen und – Hausfrauen – nicht kleiner und kürzer als die für ihre Ehemänner, die ihnen viele Jahre vorausgegangen sind. Wenn niemand vor seinem Tod glücklich zu preisen ist, dann spricht die Egalität der Trauer doch eigentlich Bände.

Das allerschlimmste, was besorgte Frauen melden, zum Schluß. Nach wie vor ist der Anteil der Frauen, die eine C4-Professur innehaben, ziemlich vernachlässigenswert, trotz der jahrelangen Fördermaßnahmen an einer klassischen Männereinrichtung wie der deutschen Universität. Früher hörte man oft den Spruch, daß der Mensch hierzulande erst beim Abitur anfange. Heute, so müßten wir wohl fortführen, kulminiert er im Professor. Die Frauenbewegung seit 1968 kann ihren Ursprung im bürgerlichen und akademischen Milieu eben nicht verleugnen.

Alle statistisch mit Zahlen bewiesenen Hindernisse der Geschlechterdemokratie beweisen eigentlich nur eins: daß die Frauenbewegung sprachlos ist. Sie müßte, vermag es aber nicht, endlich erklären, warum die Idee und die Praxis der Gleichberechtigung so verwirrende Folgen hatte. Die Frauen verhalten sich anders, als man gedacht hatte. Liegt das nun daran, daß sie sich nicht trauen und seitens ihrer feministischen Vormünder noch weiter geleitet und geführt werden müssen, oder müssen diese umdenken? Die politische und mediale Präsenz der Frauenfrage steht in einem ungeheuren Gegensatz zum Schweigen der Frauen im allgemeinen. Für nichts sind sie mehr zu mobilisieren. Davon, daß da im Untergrund irgend etwas kocht und brodelt, informiert uns besser als die feministische Statistik der Buchmarkt. Gewisse Bestseller, die garantiert von keinem Mann gelesen, ehestens produziert und verschenkt werden, beweisen, daß unser Problem nicht der Backlash ist, den die Männer initiieren, sondern unsere eigene Beschränkung, welche die Frauenbewegung keineswegs aufgehoben hat.

Ohne irgendeinen Anspruch auf Vollständigkeit bei der Symptomforschung erinnere ich an die Erfolge von Benôit Groult.[3] Diese Dame erfand in der eigenen Menopause die Leidenschaft zwischen einer Pariser Intellektuellen und einem rohen Fischersmann – so, als ob wir Frauen es nötig hätten, den Blödsinn einer »Lady Chatterley« aus den zwanziger Jahren nachzuahmen. Ging es D. H. Lawrence damals um das erotische

Gefälle, das der Klassengegensatz erzeugte (er war schließlich armer Leute Kind und hatte gewisse Ambitionen), so sollten wir Frauen heute unser Altersproblem relativieren. Einer riesigen weiblichen Leserschaft erläuterte Groult, daß Frauen auch jenseits der Vierzig sexuell attraktiv und lebendig bleiben müssen oder können ... Nun ist es keine Frage, daß Frauen höheren Alters in jeder Beziehung aktiv bleiben können und es auch historisch nachweisbar oft geblieben sind. Eine andere Frage scheint mir aber jene nach dem Erfolg von Groults Schmonzetten: Die Begeisterung von Käuferinnen und Leserinnen deutet doch eher auf die Fixierung vieler Frauen auf die Jugendrolle als die eigentliche weibliche Aufgabe. Die These von Groult, von den Leserinnen begeistert aufgenommen, lautet: Wir sind immer schön und begehrenswert, ganz unabhängig vom Reproduktionszyklus ... Der Trotz ist traurig, mit dem das Älter- und Altwerden hier ignoriert werden sollen. Die Frauenbewegung seit 1968 hat es nicht vermocht, so kann man auch schließen, Frauen mit der Autorität auszustatten, die ihnen zukommt, wenn Alter und Erfahrung sich versammeln. Die Frauenbewegung, der Feminismus, sie sind nicht älter geworden, im Zeichen der Schwesternschaft haben sie nicht differenziert zwischen Individuen, nicht zwischen Generationen. Der Appell an die Solidarität der Schwester, bis heute nicht unmodern, ist von Ängstlichkeit, nicht von Sicherheit getragen. Wenn auch nur eine ausschert, so hat man sich über Jahre verhalten, droht das Nichts.

Zu einem anderen typischen Erfolg auf dem Buchmarkt, an dem sich die Emotionen des weiblichen Publikums besser ablesen lassen als an den Teilnehmerzahlen zum Internationalen Frauentag im März, der Walpurgisnacht am Vorabend des 1. Mai oder anderen Demonstrationen weiblicher Gegenwart. Nähern sich die Zahlen dort Untergrenzen, die schon peinlich sind, soll Ute Ehrhardts Schulung zur Powerfrau *Gute Mädchen kommen in den Himmel, böse überall hin* Hunderttausende von Käuferinnen und Leserinnen gefunden haben.[4] Ihr Rezept ist einfach, wird aber vielfach variiert und lautet, daß

Frauen besser als bisher lernen müssen, ihre Interessen abzuklären, Investitionen gezielt zu machen, Gewinne und Verluste scharf zu bilanzieren – ob im Berufs- oder Privatleben, macht keinen Unterschied. Das Rezept, das Ehrhardt auch erfolgreich in Seminaren an Frauen verkauft, wendet sich nicht an jene, deren Ehrgeiz auf eine »Karriere« gerichtet ist, sondern an alle, die mehr aus sich machen wollen, weil sie mit sich unzufrieden und unglücklich sind. Wenn die Aufforderung, nicht länger zu schmollen, zu klagen und zu trauern, auf so viele Abnehmerinnen stößt, dann dürfen wir wohl Rückschlüsse auf die Verbreitung der Depressionen ziehen, gegen die Ehrhardt ihre Kundinnen postfeministisch aufrüsten will. Noch krasser fällt die Kur der Verzweiflung durch das Angebot temporärer Manie bei einer Erfolgsautorin wie Hera Lind aus. Auch sie ist Postfeministin, insofern sie alle Forderungen, die die Frauenbewegung je gestellt hat, als erfüllt und erfüllbar vorführt. Sexuelle Freiheit, sexuelles Glück, unterhaltsame Desaster, Kinder und Karriere, dazu Schönheit, Charme und Geld – die Frau als ganzer Kerl in der Ausgabe total weiblich ...

Groult, Ehrhardt und Lind weben die Tagträume der Frauenbewegung, die das rebellische, ihre Weiblichkeit verleugnende Mädchen auf Dauer stellen. Die Nachtseite dramatisiert dagegen eine Weiblichkeit im Zeichen der sexuellen Gewalt, die nicht bloß falsch, sondern auch viel zu billig in der Moderne vermarktet wird. Ich schließe auch daraus, daß die Frauenbewegung es nicht geschafft hat, die heutige und historisch beispiellose Situation der Frauen auch nur in Worte zu fassen.

Eine große Rolle hat, wie sattsam bekannt, in den Anfängen der Frauenbewegung nach 1968 der wiederaufgenommene Kampf um die Abschaffung des § 218 gespielt. Die Parole »Mein Bauch gehört mir« mußte Anfang der siebziger Jahre aber etwas anderes bedeuten als zu Zeiten der Weimarer Republik. Die Pille war erfunden, die sexuelle Aufklärung kam in die Schulen, ein erfülltes Sexualleben wurde Bürgerpflicht statt Verhängnis. Die Forderung nach der Tilgung des ominösen Paragraphen zielte keineswegs auf die weibliche Ermächtigung zum Kindesmord nach Geschmack, sondern auf die Anerkennung der weiblichen Freiheit, zu der die Macht der Prokreation gehören muß. Die Entscheidung für oder gegen eine Schwangerschaft gehört nach dem Ende des Patriarchats primär in die Hände der Frau. Sie ist weder Gebärmaschine noch Gefäß, sondern die eigentliche Hüterin des Lebens. Sie muß sich für ein Kind und einen Vater oder einen Mann gegen ein Kind oder ein Kind ohne Vater entscheiden. Die Anerkennung der Frau als moralisches Subjekt, ja, als Bürgerin, hängt davon ab, daß man ihr diese Entscheidung nicht nur zubilligt, wie der Diskurs wegen der Abtreibung suggeriert, sondern daß man ihr diese Entscheidung aufträgt. Noch krasser: Die Konstitution der Frau als handlungsmächtiges, verantwortliches Subjekt hängt von der Anerkennung dieser Besonderheit ab, welche sie als die »Kinderkriegende« ausweist.

Das Desaster der Frauenbewegung läßt sich an ihrem Umgang mit dieser zentralen Frage illustrieren. Belastet mit historischen Reminiszenzen und aus mädchenhaftem Trotz wurden der § 218 und seine Abschaffung zur Goldenen Frage im Quiz der Frauen nach ihrem Platz. Einerseits trauten sich Frauen nicht, Frauen verantwortlich zu machen, die unwillig schwanger geworden waren. Es gab nirgendwo eine aufrichtige Debatte über ihre neue Macht und die Verantwortung vor sich selber, die die patriarchale Bevormundung endlich ablösen sollte. Das Schweigen war fatal und trug gewiß dazu bei, daß sich das Verfassungsgericht in diesem Zusammenhang nicht mit der Freiheit der Frau, sondern mit dem Schutz des »ungeborenen Lebens« ausschließlich befassen konnte. Peinlich die Rabulistik eines Beratungsgesetzes, das sich schließlich Frauenpolitikerinnen aller Parteien noch zum Lob anrechnen müssen. Hätte man vorher nicht solidarisch gemauert und die Verhältnisse im Umkreis des unseligen Paragraphen ähnlich engagiert erforscht wie die »sexuelle Gewalt« der Männer, dann hätte es an Argumenten nicht gefehlt. Seine ersatzlose Streichung wäre dann wirklich der Punkt geworden, von dem aus Frauen gleichberechtigt, aber nicht gleich hätten reden können.

Nun ist es zwar heute so, daß tatsächlich in der Mehrzahl der Fälle Frauen andere Frauen beraten, die sich nach eingetretener Schwangerschaft nicht sicher sind, ob ein Kind auch geboren werden sollte; sie tun das aber nicht als Freundinnen, Schwestern, Mütter oder qualifizierte »weise« Personen, sondern als staatlich eingesetzte Vormünder des »ungeborenen Lebens« und als Kontrolleure der weiblichen Moral. Hinter dieser Regelung steckt natürlich immer noch die alte Angstvorstellung des Patriarchats, daß Frauen mit dem Geschenk des Lebens (sprich dem männlichen »Samen«) nach eigenem Gutdünken wirtschaften könnten. Der implizite Verdacht des leichtsinnigen Umgangs mit dem »ungeborenen Leben« bezieht sich also nicht auf die Frau als potentielle Mörderin eines kleinen Menschen, sondern auf ihre Macht, nein zu sagen und damit die männliche Potenz als eine abhängige Größe zu offenbaren.

Weil man das Muster der Debatte um den § 218 von den älteren Debatten in der Zeit der Weimarer Republik, auch den älteren sozialpolitischen und medizinischen Gegebenheiten übernahm, blieb die Reform halbherzig, ist zunehmend gefährdet und hat die weibliche Freiheit im Nebel eines mehr als sonderbaren Beratungsgesetzes verschwinden lassen. Die Zusicherung der Straffreiheit, wenn man sich seinen Prozeduren gefügt hat, ist ein erbärmliches Resultat in Anbetracht all der Diskussionen und Demonstrationen, die wir in den siebziger Jahren und noch einmal nach der Wiedervereinigung erlebt haben, weil in der alten DDR eine schematische Fristenlösung zur Verfügung stand. Vielleicht kann man auch erst heute erkennen, daß der Kampf für die Abschaffung des § 218 nur vordergründig der Kampf für das Recht der Frauen war, unter Umständen Geburtenkontrolle auch per Abort zu betreiben. Eher ging es doch wohl um die erstmals mögliche Aneignung der Fähigkeit zur Prokreation als des Kerns weiblicher Macht, die in der Moderne sichtbar wird. Mit der Parole »Mein Bauch gehört mir« wurde sicher noch einmal die Verteidigungslinie gegen die nun historisch werdende Invasion des weiblichen

Körpers bezogen; auf der anderen Seite spricht aus ihr ein bislang unerhörtes Selbstbewußtsein, das über den Stolz, vielleicht wirklich einmal ein Kind zur Welt zu bringen, weit hinausgeht. Leider haben sich weibliches Selbstbewußtsein und Stolz nicht so gut durchgesetzt, die Neigung, auf ererbten Ressentiments hocken zu bleiben und es sich in der eingeführten Beschwerdekultur des Patriarchats nach dem Modell des Ehekriegs bequem zu machen, dafür um so besser.

Faßt man die Kampagnen um die Abschaffung des § 218 vordergründig als einen Kampf um das Recht auf Abtreibung auf, dann haben Konservative, Bayern und Katholiken seit langem die besseren Karten. Sie sind davon überzeugt, daß die Abtreibung eines befruchteten Eis juristisch, philosophisch und ethisch nicht zu rechtfertigen ist. Diese Pünzeleien mögen den meisten Menschen unverständlich bleiben – was sie aber verstehen können, sind die Argumentationen im Detail. In einem reichen und wohlorganisierten Land wie Deutschland dürfe Armut kein Argument für eine Abtreibung sein – das ist das Aus für die soziale Indikation der älteren Beratungspraxis. Wenn an Abtreibungen auch Männer mittelbar beteiligt sind, gehörten sie mitberaten und in die Pflicht genommen ... Die Unehelichkeit eines Kindes spreche ebenfalls nicht gegen seine Existenz – sei die alleinerziehende Mutter heute doch keiner Diskriminierung mehr ausgesetzt und eheliche Kinder nicht besser gestellt als uneheliche. Und so weiter! Was hätte eine Frauenpolitikerin und Feministin solchen Behauptungen entgegenzusetzen? Gar nichts.

Es kommt aber noch schlimmer. Das Statistische Bundesamt meldete, daß die Zahl der Abtreibungen binnen eines Jahres um ca. 16 Prozent gestiegen sei. Im ersten Quartal 1998 wurden 35 479 Schwangerschaftsabbrüche registriert, rund 5000 mehr als im ersten Quartal 1997.[5] Anderswo las man, daß eine verbesserte Meldepraxis an dieser scheinbaren Steigerung schuld sei. Das mag wohl so sein – es bleibt aber doch die ungefähre Tatsache, daß auf jährlich eine Million Geburten (großzügig geschätzt) 140 000 Schwangerschaftsabbrüche erfolgen.

Es gibt sehr wenige Frauen, die einen Abort als einen normalen medizinischen Eingriff empfinden, etwa so unangenehm wie das Entfernen des Zahnsteins, das ist das eine. Die amerikanische Soziologin Carol Gilligan hat vor Jahren versucht, auf dieser Beobachtung eine spezifisch weibliche Moral zu begründen. Unter anderem befragte sie Frauen, die eine Abtreibung gemacht hatten, nach ihren Beweggründen und Überlegungen. Unterm Strich kam heraus, daß die Frauen, die sich für eine Abtreibung entschieden hatten, modern gesprochen, moralisch vernetzt denken – während Männer ja eher, wie bekannt seit Lawrence Kohlberg, von der Strafangst über die Pragmatik zum höheren Menschheitsuniversalismus fortschreiten. Gilligan wollte beweisen, daß das schlechtere Abschneiden der Mädchen auf der sechsstufigen Kohlberg-Skala zum moralischen Niveau etwas mit dem Unterschied der Geschlechter und nicht mit dem Zurückbleiben des unsrigen zu tun hätte. Die Auseinandersetzungen zu diesem Problem haben viele Bücher gefüllt.

Vermißt habe ich dagegen Forschungen, feministische oder andere, die mir die hohe Zahl von Abtreibungen erklären. Keineswegs sind junge, dumme Dinger für sie verantwortlich: Nur 4,2 Prozen der Abtreibenden waren minderjährig. In 3,3 Prozent der Fälle wurden medizinische und psychiatrische Gründe für den Abort geltend gemacht. Dagegen waren mehr als die Hälfte der Frauen, die um den Beratungsschein einkamen, verheiratet.

Da die Wissenschaft, schon gar die feministische, mich in diesem wichtigen Punkt ratlos läßt, muß ich mich in Spekulationen ergehen. Ich behaupte, daß viele Frauen schwanger werden, trotz Kenntnis der empfängnisverhütenden Mittel, weil sie wissen wollen, wer sie sind. Die Gleichberechtigung, die wohl jede selbstverständlich findet, lehrt das nämlich nicht. Wer man ist, erfährt man in der Differenz zu einem anderen. Nun hat aber die Frauenbewegung seit 1968 die Differenz der Geschlechter für obsolet erklärt. Wenn Differenz sichtbar wird, das sollte nun jede Frau verstanden haben, dann haben wir es mit einer Handlung zum Nachteil der Frauen zu tun – vulgo Diskriminierung genannt.

Frauen werden auch schwanger, nicht weil sie ein Kind haben wollen, sondern weil sie sich über ihre Leistungsfähigkeit und Liebenswürdigkeit völlig unklar sind. Wie viele durchaus moderne Männer macht die Frage ihrer Freundin ratlos: Warum liebst du mich? Hier gibt es eine Evidenz, dort einen Zweifel, der durch nichts zu beruhigen ist. Dazu kommt, daß das moderne Leben mit seinen Prämien auf beruflichen und finanziellen Erfolg Frauen, welche aus der Tradition der Familie kommen, schwer irritiert. Man hält uns immer einen Weg nach rückwärts offen. Männer wissen schließlich schon etwas länger, daß der Weg nach vorn steinig ist und nicht jeden nach oben führt.

Die hohen Abtreibungsziffern rühren wohl auch daher, daß Frauen sich ihrer weiblichen Potenz versichern wollen. Sie bilden das Äquivalent zu den Männern, die in höheren Jahren sehr junge Frauen jagen ...

Vielleicht sind das alles nur Spekulationen, und haltlose dazu. Was wird einem denn aber sonst an Erklärungen für dieses Phänomen geboten? Wie seinerzeit dem Bundesverfassungsgericht könnten wir auch hier dem konservativen Bayern das Feld überlassen. Dort scheut man die Gedanken nicht, die andere aus Furcht, die weibliche Solidarität zu verraten oder mit mißlichen Einsichten den Backlash zu provozieren, von vornherein unterlassen. In Bayern ließ man erforschen, was so viele Frauen (gerade auch verheiratete) an eine Abtreibung denken ließ, und man fand heraus, daß in vielen Fällen der potentielle, aber unwillige Vater der drängende Part war. Man schloß daraus, daß auch Männer zur Beratung zu beordern wären, womit mein Alptraum vom wohlmeinenden Staatsfeminismus perfekt wäre. Nun, vom Offenlegen intimer Beziehungen und Verwicklungen und ihrer feministischen Zensur versprechen sich ja bis heute immer wieder Frauen auch anders wo den Durchbruch. Gesetze, vor allem Strafgesetze, sollen Frauen helfen und schützen – notfalls auch gegen ihren zufälligen und vernachlässigenswerten Willen. Symptomatisch die Neuerung einer »Vergewaltigung in der Ehe« (bisher Nötigung oder Körperverletzung – die Fälle sind äußerst rar) und die Anerkennung des Verbrechens als Offizialdelikt, auf die sich unsere Frauenpolitikerinnen viel zugute halten. Das bedeutet praktisch, daß eine Frau, die ihren Ehemann anzeigt, diese Anzeige nicht mehr zurückziehen kann. Begründet wurde diese Bevormundung der Frauen (daß sie in der Regel weniger betuchten Schichten zugehörten, erleichtert den Vorgang) durch Frauen mit dem Argument, daß sie sonst von ihren Männern mit Versprechen und Drohungen erpreßt werden könnten. Schließlich gehört es zu den großen Enttäuschungen der Frauen, die die Frauenhäuser initiiert haben, daß nach gebührender Frist das zu erlösende Individuum oft zum Gewalttäter zurückkehrt. Nicht aus Not oder Hunger oder Einbuße an Sozialprestige, sondern aus der Erkenntnis, daß Gespräche mit einer lieben Sozialarbeiterin einem auf Dauer eine chaotische Beziehung mit sinnstiftendem Charakter nicht ersetzen.[6]

Aber verlasse ich die weiten Gefilde, wo moderne Sozialarbeit politisch-weltanschaulich aufgenordet werden soll, und wende mich der Quote zu, von der die Kassiererinnen im Supermarkt, die Putzfrauen und Friseusen bekanntlich nicht betroffen sind. Von der Quotenregelung profitieren können nur hochqualifizierte und im Hinblick auf Karriere sehr avancierte Frauen. Studiert sollten sie schon haben und die ersten Laufbahnschritte sollten auch hinter ihnen liegen, damit sie in Frage kommen. Seltsam, aber auch hier verhält es sich mit der Frauenförderung wie mit der Frauenrettung: Die Frauen wollen irgendwie nicht so, wie die versteinerten Reste der Frauenbewegung es für sie beschlossen haben. Keine Frau will als Quotenfrau gelten – jede, die es zu etwas gebracht hat, weist den Verdacht empört von sich –, ob zu Recht oder zu Unrecht, bleibt dahingestellt. Junge Frauen, vielleicht die Töchter der Frauen von 1968, wollen sich lieber bescheiden, lieber ihr Licht unter den Scheffel stellen oder ihre Leistung unter Preis verkaufen als Objekte einer begünstigenden Frauenpolitik werden. Sie haben recht; denn auf lange Sicht wird Frauen weder die Bevormundung noch die Begünstigung weiter helfen. Eigentlich ist alles offen.

9
Beschluß

Leider* ist eine soziale Bewegung wie die Frauenbewegung nicht so leicht zu rezensieren wie ein Buch. Hat man dieses gelesen, darf man dem potentiellen Käufer seine Machart, die gewonnenen Einsichten, aber auch die Mängel des Textes mitteilen und am Ende ganz nach Geschmack ein Votum abgeben. Kann man die Frauenbewegung oder das, was als Frauenpolitik in Parteien, Gremien und Bürokratien übriggeblieben ist, empfehlen? Wissen wir, dank Frauenforschung und Gender Studies, heute besser über uns Bescheid, und freuen wir uns über die schöne Unterstützung, welche die Frauenbeauftragte unserer Kommune (unserer Behörde oder Einrichtung) uns auf unserem Lebensweg hat zukommen lassen? Und schließlich, vom unmittelbaren Nutzen abgesehen, die Frage: Ist die Frauenbewegung interessant? Damit meine ich, ob es aufregende, inspirierende Gedanken gibt, die da irgendwo gedacht werden und mit denen auch dem Nachwuchs, der die feministische Steinzeit nur vom Hörensagen kennt, Eindruck zu machen ist. Tatsächlich gibt es im Umkreis der Universitäten solche Attraktionen. Es handelt sich um die Zwangsheterosexualität und ihre Folgen als Sexismus, Rassismus und andere Übel, was unter der Überschrift »Queer Studies« oder »Cultural Studies« o.ä. vor allem Studentinnen anzieht. Bei aller Toleranz gegenüber dem Jugendirresein und dem dazugehörigen Dissidenzfimmel nehme ich mir doch die Freiheit, diese zum Glück auf Seminare beschränkte Angelegenheit für einen Irrweg zu halten. So wie Frauen nach der Gleichberechtigung gut beraten gewesen wären, mehr über sich als über das Patriarchat nachzudenken, so möchte man lesbischen Professorinnen nahelegen, die Heterosexualität sich nicht als Spezialgebiet auszugucken und ihre Dekonstruktion als Theorie, womöglich noch als Politik aufzuputzen. Haben wir uns nicht hinreichend über männliche Professoren lustig gemacht – pars pro toto erinnere ich an Paul Möbius –, um nun diese bramarbassierende Angst und Unsicherheit heute zu durchschauen? Wenn ich jedenfalls Möbius, Nietzsche oder Weininger lese, höre ich deutlich das Pfeifen des Kindes im Wald, so wie ich bei Butler und anderen die zielstrebige Entwertung der sexuellen Differenz heraushöre. Die Dekonstruktion des biologischen und kulturellen Geschlechts zielt sonderbarerweise ja immer auf die Frauen – so als ob es Frauen wirklich nicht gäbe und sie eine boshafte Erfindung des Patriarchats wären …

Trotz dieser Kritik sind mir die erfolgreichen Avantgardistinnen aus den Literaturseminaren und ihr gespanntes Publikum als symptomatischer Beleg für meine These lieb, daß es der Frauenbewegung nicht geglückt ist, die Frauen mit sich selbst zu versöhnen. Man ist weiter auf der Flucht, oft genug auf der Gedankenflucht. Reicht das einheimische Elend nicht, um als Projektionsschirm von Hass politisch glaubhaft eingesetzt zu werden, schwärmen die Rettungskommandos eben weiter aus. Ist die Gleichberechtigung der Frauen-Lesben-Zusammenhänge eine Tatsache, dann wird ihre explizite Förderung verlangt. Dann gewinnt der sogenannte Sexismus den Charakter eines gesellschaftlichen Giftes, das es in den letzten Poren des Gesellschaftskörpers auszurotten gilt, ganz nach dem Muster der Inquisition, die die Ketzerei ja auch schon im Kinderspiel riechen konnte.[1] So viel Schaden wie manch andere historische Paranoia wird der »Sexismus« wohl kaum anrichten, aber eine gewisse sozial destruktive Potenz hat er in überflüssigen Skandalen und Prozessen doch schon hinreichend bewiesen.

Das Erbe der bösen Mütter war zu schwer, an dem die Töchter zu laborieren hatten. Die Mütter hatten Gründe, böse zu sein, aber erst in den Töchtern, für die das viel weniger noch galt, traten Haß und Selbsthaß zutage. Für die Aufgabe, die Mütter zu rächen und zu retten, waren sie besonders schlecht gerüstet. Sie hätten dazu nicht bloß zwei Köpfe, vier Arme und ein Doppelleben gebraucht, sondern vor allem Mut und Selbstvertrauen. Woher nehmen und nicht stehlen? Von Anfang an litt die Frauenbewegung an einer affektiven Schieflage, die man so lange leicht übersehen konnte, wie die Protagonistinnen jung waren. Vielen hat das nicht geschadet, weil sie die Jahre in der Frauengruppe als rite de passage vom Jugend- ins Erwachsenenleben nutzen konnten. Bei denen, die dabei blieben, wurde der Feminismus unübersehbar, je länger, je älter, desto mehr mit der psychischen Fixierung auf die tobende Pubertät, Opfern an Intelligenz und Integrität teuer erkauft.

Nichts kennzeichnet die affektive Schieflage der Frauenbewegung von 1968 mehr als die falsche Naivität, mit der sie die Schwesternschaft in Analogie zur Brüderlichkeit der Französischen Revolution als Quell der unverbrüchlichen weiblichen Solidarität zumindest konzeptuell favorisierte. Das konnte nicht gutgehen! Die Schwesterbeziehung nämlich ist im Patriarchat von einem fast ausweglosen Neid, von Haß und Eifersucht erfüllt ... Die weibliche Solidarität beruht des weiteren (wie auch die Mutter-Tochter-Verhältnisse lehren) nicht auf positiven Zielen, sondern auf einer Leidensgemeinschaft, aus der einem das Ausscheren sehr schwergemacht wird.[2] Einerseits trocknete die Frauenbewegung aus, weil das eben das Schicksal sozialer Bewegungen ist; andere Dezimierungen waren aber auch die Folge ihrer Unfähigkeit, zu denken, statt zu mauern. Was von der Frauenbewegung heute übriggeblieben ist und sich in den Einrichtungen des Sozialstaats, bei Parteien, Verbänden und Gewerkschaften erhalten hat, kann man auch anders würdigen. Die Frauenbewegung ist die einzige K-Gruppe aus den siebziger Jahren, die überlebt hat. Sie hat überdauert, weil die Männer im Prinzip nett zu Frauen sind und schlau genug, sie als Konsumentinnen und Wählerinnen, als Mütter, Freundinnen und Ehefrauen bei Laune zu halten. Wenn die Frauenbewegung, wenn der Feminismus eine Revolution der Geschlechterverhältnisse wollte, haben sie dann je über die Absurdität nachgedacht, die im Appell an die Männer liegt, ihren schweinischen Charakter abzulegen und aus der Unterdrückerrolle in die altruistische Helferrolle zu schlüpfen?

»Frauen sind auch Menschen!« Oder ähnlich einleuchtend: »Vergewaltigung ist kein Kavaliersdelikt« – oder auch »Kinder zu mißbrauchen und zu ermorden ist ein gräßliches Verbrechen« – das konnte man wörtlich oder sinngemäß in den vergangenen Jahren oft genug lesen und hören. Woher rührt das Pathos, mit dem solche Platitüden vorgetragen werden können?

Zwei Dinge sind in der Frauenbewegung nicht verstanden worden. Erstens, daß Frauen Menschen sind. Diese Einsicht ist ziemlich unoriginell und würde auch beim Papst nicht auf Widerspruch stoßen – pars pro toto. Neu ist die Idee, daß Menschen nur als Frauen (oder Männer) vorkommen. Solange Frauen vor sich selbst auf der Flucht in einen falschen Universalismus rennen, ist noch viel zu tun. Zweitens, daß der Abschied vom Patriarchat auch seitens der Frauen zur Voraussetzung hat, daß sie Sex nicht mehr als jederzeit konvertible Währung betrachten. Als 1993 ein Amtsgericht in Münster[3] einer jungen Frau für den Verlust ihrer Jungfräulichkeit keinen Anspruch auf Entschädigung mehr konzedierte, da hatte die Emanzipation einen riesigen Sprung nach vorn gemacht (den beiläufig alle Kampagnen gegen »sexuelle Gewalt« rückgängig machen wollen); denn von diesem Tag an ist keineswegs Sex gratis, sondern es ist Sache jeder einzelnen Frau, ganz unabhängig von Vorurteilen und gesellschaftlichen Konventionen, ihren Wert, ihre Wünsche selbstbewußt einzusetzen. Der zutiefst konservative Charakter der Frauenbewegung von 1968 läßt sich eben daran ablesen, daß sie diesen Bruch mit dem Patriarchat nicht verstanden hat, sondern, ganz im Gegenteil, den Preis der Unschuld gern wieder vom Vater, nämlich von Vater Staat eintreiben lassen will.

Wie sähe die Welt eigentlich aus, wenn es keine Frauenbewegung gegeben hätte? Ich behaupte nicht besser, aber auch nicht anders. Es läuft auf ein Plus-minus-null heraus. Viele Frauen, heute in der Menopause, haben eine lehrreiche Jugend gehabt; andere sind irgendwie steckengeblieben und dennoch älter geworden. Ganz allgemein betrachtet, weht den Mädchen und Frauen der Wind unter die Flügel – schaut man schärfer hin, haben Frauenbewegung und Feminismus aber auch dafür gesorgt, daß das Thema (sagen wir ruhig »Was will das Weib?« mit Professor Freud) auf lange weit weg vom Fenster sein wird.

Das ist schade. Clevere Frauen in Wissenschaft und Politik haben sich längst von der Frauenfrage verabschiedet oder erledigen sie am Rande, gleichsam pflichtgemäß. Sowenig wie Männer wollen Frauen als nicht frauenfreundlich in Erscheinung treten. Das ist, unterm Strich, eigentlich alles, was übriggeblieben ist. Der Posten einer Frauenministerin ist keineswegs begehrt. Die Frau auf diesem Posten oder einem anderen vergleichbaren frauenspezifischen Ressort weiß doch gar nicht, was sie tun soll. Sie kann sich selbst nicht achten. Sie hat keine Fans. Es fehlt an Ideen. Ich plädiere für eine lange Pause.

Postscriptum

Auf Berliner Plakatwänden wird großflächig für ein Anti-Diskriminierungsgesetz zugunsten Behinderter geworben. Zufall oder nicht, mit derselben These, die sich im Koalitionsvertrag der neuen Rot-Grün-Regierung hinsichtlich der Frauen findet. Hier sollen wir ohne Schaden auf die gesellschaftliche Teilhabe von Behinderten nicht verzichten können; dort heißt es wörtlich: »Nur wenn sich das geistige Potential und die Kreativität der Frauen in Wirtschaft und Gesellschaft voll entfalten können, wird unser Land die Herausforderung der Zukunft bestehen.«

Allgemein ist man ja tatsächlich der Überzeugung, daß Frauen und Behinderte etwas gemeinsam haben. Sie werden »diskriminiert«, und dagegen helfen nur Anti-Diskriminierungsgesetze oder Maßnahmen zur »Gleichstellung«, mit denen die Folgen der Diskriminierung möglichst gering gehalten, ja, aufgehoben werden. Seit langem hat das Wort selbst eine Bedeutungsverengung erfahren, die über das prekäre Verhältnis von Realitätsprüfung und engagiertem Moralismus Auskunft gibt. Daß Behinderte und Nichtbehinderte, Frauen und Männer sich unterscheiden und auch von allen anderen unterschieden werden – warum auch immer –, wird nicht als Tatsache und Ausgangspunkt weiterer Beschlüsse akzeptiert, die Unterscheidung als solche soll von Übel sein. Kaum noch satirefähige Auswüchse der *political correctness* haben sich zwar in den Vereinigten Staaten abgespielt und werden uns nur in den Vermischten Nachrichten zur Erregung wohligen Schauderns mitgeteilt – daß Behinderte »Menschen wie du und ich« oder daß »Mädchen nicht geboren«, sondern »gemacht« werden und schließlich, daß Frauen »auch Menschen sind« und eben keine Frauen –, solche Eingeständnisse werden aber auch hierzulande erwartet. Rot-Grün und seine Klientel sind engagierte Verfechter dieser Verleugnungsstrategie mit guten Absichten. Eine blinde Studentin, ein spastisch behindertes Kind in der programmatisch integrierten Grundschule – sollen sie wirklich die anderen lehren, ihre Normalität zu problematisieren? Ich gebe trotzdem die Hoffnung nicht auf, daß Empathie mit Menschen, die das Schicksal geschlagen hat, Humanität und Intelligenz sich irgendwann vereinen lassen.

Noch ist es nicht soweit. Zwar sieht Rot-Grün für die Zukunft schwarz, wenn Frauen bzw. ihr geistiges Potential und ihre Kreativität sich nicht »voll entfalten« können – aber die harschen Ankündigungen, nun endlich per Gesetz und von oben, von Staats wegen, nachzuhelfen, beweisen, daß wir auf die Leistungen gleichgestellter Frauen bislang sehr gut verzichten konnten. Wenn unterm Strich bei der Integration von Frauen in den Arbeitsprozeß nicht mehr herausschaut als die Erkenntnis, daß Frauen leisten, was Männer können – dann fragt man sich natürlich, warum Frauen dann immer noch eine Frauenbeauftragte brauchen, die man bei Männern einsparen kann.

Ich befürchte, daß Rot-Grün in den kommenden Jahren eine Gleichstellungspolitik zementieren wird, die schon seit langem in einer Sackgasse rotiert. Man hat nicht verstanden, daß die Gleichberechtigung (mit dem Akzent auf der selbsttätigen Wahrnehmung der Rechte) mit ihren unbefriedigenden Ergebnissen nicht einfach durch eine Politik der bürokratisch-gesetzlichen Gleichstellung (mittels der Frauenbeauftragten) zu kompensieren ist. Schon lange sind die Frauen zu völlig skrupellosen Nutznießern oder zu passiven Mündeln einer Frauenpolitik degradiert worden, die nur noch trübe stimmt. Auf allen Etagen, in Parteien und Institutionen, haben sich Frauen festgesetzt, die das bittere Erbe ihrer Mütter in Recht und Gesetz, in Vorwurf und Anspruch umsetzen wollen. Gleichberechtigung und Gleichstellung der Frauen sind als Motor des Fortschritts aber längst ausgereizt. Es wäre wirklich höchste Zeit, die Differenz, auch die der Geschlechter, als Faktor der Innovation zu begreifen. Behinderte und Nichtbehinderte, Frauen und Männer, Kinder und Erwachsene muß man »diskriminieren« dürfen; denn auch eine gutgemeinte Verleugnung der Realität ist eine Verleugnung. Wer ernst nehmen will, warum Frauen so lange unterdrückt und verkannt worden sind, der lasse sich nicht mit der Gleichberechtigungs- oder Gleichstellungspolitik abfertigen. Sie ist nicht neu, sie hat schon in der Vergangenheit so gut wie nichts gebracht außer enttäuschenden Verschiebungen im Dezimalbereich hinter dem Komma; sie ist teuer und rechtlich problematisch, insofern sie Frauen direkt privilegieren will. Die Verteilung lukrativer und prestigehaltiger Arbeit unter Einbeziehung von Fürsorge aller Art nach dem Vorbild des väterlichen, öffentlichen Dienstes ist eine Illusion, die man besser gar nicht erst blühen läßt.

Weil aber seit vielen Jahren gerade die heutigen Partizipanten von Rot-Grün auf nichts als die väterliche Fürsorge als das Mittel der Wahl gesetzt haben, die Frauen aus dem Tal der Diskriminierung auf die Höhen der Gleichstellung zu führen, werden sie jetzt nicht davon abgehen. Und wenn es dann wieder nicht klappt, woran wird es dann gelegen haben? Vielleicht müssen wir da auch noch durch, bevor wir jenseits der in vielen Jahren aufgehäuften Denkverbote uneingeschränkt über uns, die Frauen, nachdenken können.

Berlin, im November 1998

Anmerkungen

1. Feminismus ist die Antwort – aber auf welche Frage?

1 Alice Schwarzer, *Der kleine Unterschied und seine großen Folgen,* erweiterte und aktualisierte Ausgabe mit einem Vorwort von 1984, Frankfurt/M. 1994. Das Buch erschien zuerst 1975.
2 Susan Faludi, *Die Männer schlagen zurück,* Reinbek 1993.

3 Britta Steilmann, *Das Elend der Frauen,* in: *Die Welt* vom 15.6.1995
4 Bärbel Sonntag, *Feminismus ist megaout,* in: *TAZ* vom 3. 7. 1996.

2. Wie eine Tomate Geschichte machte – und welche

1 Ute Scheub, *Die Frau, die die Tomate warf,* in: *TAZ* vom 12.1.1996.
2 Eine »Chonologie der gelaufenen Ereignisse«, in: Ann Anders, Hrsg., *Autonome Frauen. Schlüsseltexte der Neuen Frauenbewegung seit 1968,* Frankfurt/M. 1988. Dort auch die Rede von Helke Sander.
3 Scheub, a. a. O.
4 So auch der Titel des Buchs von Roswitha Burgard, *Mut zur Wut. Befreiung aus Gewaltbeziehungen,* Berlin 1988. Mut zur Wut ist dort das Ziel der therapeutischen Arbeit mit Frauen, die in Frauenhäusern Zuflucht gesucht haben. Mut zur Wut braucht aber jede Frau, denn: »Alle Männer sind potentielle Mißhandler« (S. 9).
5 Monika Steffen, *Was ist Feminismus?* in: *Neue Gesellschaft* 31, 1984, S. 1176 ff. Dort auch die Quellenangaben für die folgenden Zitate.

6 Regine Othmer, *Zur Widrigkeit der Frauenquote,* in: *Argument* 37, November/Dezember 1995.

7 Frigga Haug, *Perspektiven eines sozialistischen Feminismus. 17 Jahre Frauenbewegung in Westdeutschland und West-Berlin,* in: *Argument* 28, September/Oktober 1986. Dort auch eine Wiedergabe des Flyers.

8 Cora Stephan, *Emma in den Wechseljahren,* in: *Süddeutsche Zeitung* vom 16./17.1.1993.

9 Versuche, dem Phänomen defensiv mit Aufklärung über die sexuelle Entwicklung von Kindern, Opferzahlen, Diagnostik, die Praxis der Verdächtigung und die Folgen für den Kinderschutz zu begegnen, in: Katharina Rutschky/Reinhart Wolff, Hrsg., *Handbuch Sexueller Mißbrauch,* Hamburg 1994.
Zur Geschichte der sexuellen Denunziation, ehe der Kindesmißbrauch als Angstszenarium in den Vordergrund trat: Friedrich Koch, *Sexuelle Denunziation. Die Sexualität in der politischen Auseinandersetzung,* Hamburg 1995.

10 Die notwendige Trivialisierung des Kinderschänders unternimmt mit dem Mittel empirischer Forschung im Rahmen eines DFG-Projekts Rüdiger Lautmann. Erste Ergebnisse in: Rüdiger Lautmann, *Die Lust am Kind,* Hamburg 1994.

11 Speziell zur Instrumentalisierung von Kindern zu Zeiten des Hexenwahns, auf den sich die Frauenbewegung als eines exemplarischen Ausbruchs patriarchaler Misogynie so gern beruft: Hans Sebald, *Hexenkinder. Das Märchen von der kindlichen Aufrichtigkeit,* Frankfurt/M. 1996.

12 Lerke Gravenhorst/Carmen Tatschmurat, Hrsg., *Töchterfragen. NS-Frauengeschichte,* Freiburg 1990. Darin auch Karin Windaus-Walser, *Frauen im Nationalsozialismus. Eine Herausforderung für weibliche Theoriebildung.* Dies., *Frauen als Opfer. Verleugnung des Geschlechtsunterschieds und Vermeidung der Auseinandersetzung mit weiblicher Macht,* in: Susanne Heenen, Hrsg., *Frauenstrategien,* Frankfurt/M. 1984.

13 Vgl. dazu auch den Eindruck von Petra Welzel, *Mit Strapsen in die Zeitung. Von Leserinnen, die nicht wissen, was sie wollen, und Chefredakteurinnen, die nicht wissen, was sie sollen, in: TAZ* vom 27.3.1996.

3. Glauben Frauen, daß es Frauen gibt?

1 Frauenselbsthilfeladen im 13. Mond. Programm Sommer 1995.
2 Johanna Beyer/Franziska Lamott/Birgit Meyer, Hrsg., *Frauenhandlexikon. Stichworte zur Selbstbestimmung,* München 1983.
3 Theodor Fontane, *Briefe in zwei Bänden,* ausgewählt und erläutert von Gotthard Erler, München 1981.
4 Judith Butler, *Das Unbehagen der Geschlechter,* Frankfurt/M. 1991.
5 Erving Goffman, *Interaktion und Geschlecht,* Frankfurt/New York 1994, hrsg. und eingeleitet von Hubert A. Knoblauch, mit einem Nachwort von Helga Kotthoff.
6 Rudolf Dekker/Lotte van de Pol, *Frauen in Männerkleidern. Weibliche Transvestiten und ihre Geschichte,* Berlin 1990
7 Anne Koedt, *Der Mythos des vaginalen Orgasmus.* Deutsch zuerst 1973. Wieder abgedruckt bei: Ann Anders, Hrsg., *Autonome Frauen. Schlüsseltexte der Neuen Frauenbewegung seit 1968,* Frankfurt/M. 1988.
8 Dorothee Winden, *Lesbischen Sex feiern: Storme Webber im Pfefferberg und on tour, in: TAZ* vom 25.6.1996.

4. Kinder oder Karriere? Die sogenannte Vereinbarkeitsproblematik

1 Werner Kolhoff, *Christine Bergmanns Leitbild sind die DDR-Frauen,* in: *Berliner Zeitung* vom 15.6.1998.
2 Vgl. dazu einige Zahlen aus Berlin: Zwischen 1988 und 1996 stieg der Anteil der Frauen im »Landesdienst« von 45 auf 55 Prozent. Auch im gehobenen und höheren Dienst läßt sich für Beamte und Angestellte ein Zuwachs verzeichnen. Dort gab es 1992 46, 1996 52 Prozent Beamtinnen und 1992 51 Prozent Angestellte, 1996 68 Prozent. Im höheren Dienst 1992: 21 Prozent Beamtinnen, 38 Angestellte – 1996 35 bzw. 43 Prozent. Von 123 Führungspositionen sind 21 von Frauen besetzt. Allerdings werden diese Zuwächse vor allem auf das Ausscheiden vieler Männer aus dem öffentlichen Dienst in Ost-Berlin zurückgeführt, wodurch Frauen aufrücken konnten. Die Frauen konzentrieren sich vor allem in den Senatsverwaltungen für Justiz, Frauen und Arbeit, Gesundheit und Jugend. Nach: Ute Scheub, *Frauen sind Spitze! Oder?* in: *TAZ* vom 23.6.1998.

3 Man kann natürlich auch sagen: mit halbem Ernst habe Barbara Wackernagel-Jacobs, Ministerin für Frauen, Arbeit, Gesundheit, Soziales, diese Idee probelaufen lassen (am 27. Mai 1998, Evangelische Akademie Berlin-Brandenburg).

4 Hans Bertram, *Familien leben. Neue Wege zur flexiblen Gestaltung von Lebenszeit, Arbeitszeit und Familienzeit,* Gütersloh/Darmstadt 1997.

5 Verena Auffermann, *Die sanfte Welle. Deutschland in Not, Frauen bitte nach vorn!* in: *Süddeutsche Zeitung* vom 17.6.1998.

6 Siegfried Keil/Rita Süßmuth, *Qualifizierung von Erzieherinnen für Elternarbeit vom Elementarbereich aus.* BMJFFG Schriftenreihe Band 191, Stuttgart 1986.

7 nach Ute Scheub, *Frauen sind Spitze! Oder?* in: *TAZ* vom 23.6.1998.

5. Die Unvereinbarkeitsproblematik: Mutter und Moderne

1 Die Informationen über Nina Schmitz entnehme ich dem Beitrag von Silke Lambeck, *Mit vier Kindern bist du asozial. Die Berlinerin lebt seit sieben Jahren von staatlicher Hilfe – ihr Leben ist zum Kampf geworden,* in: *Berliner Zeitung* vom 6.3.1995.
Nicht namentlich gekennzeichnet der Bericht über Diana Holzhüter, *Vier Mädchen brauchen Winterkleidung und Spiele. Die 23jährige Diana Holzhüter ist alleinerziehende Mutter und lebt mit ihren Töchtern von Sozialhilfe,* in: *Berliner Zeitung* vom 23.12.1996.

2 Vgl. hierzu Daniel Patrick Moynihan, *Congress Builds a Coffin* (über die Reform der Sozialhilfe in USA), in: *New York Review of Books* vom 11.1.1996; Michael Massing, *The Welfare Blues,* ebd., 24.3.1994; Andrew Hacker, *The War Over the Familiy,* ebd., 4.12.1997; David Piachaud, *Down but not out – Why the term »underclass« is no help in understanding social ills,* in: *Times Literary Supplement* vom 24.1.1997.

6. Frauen machen sauber – Männer machen Schmutz

1 Ein Überblick zu diesem Themenkomplex bei Herrad Schenk, *Die Feministische Herausforderung. 150 Jahre Frauenbewegung in Deutschland,* 4., unveränderte Auflage, München 1988, S. 118 ff.

2 Dieses und das vorhergehende Zitat entstammen einem Kongreßbericht von Petra Welzel, *Warum Frauen heute noch Perlen brauchen,* in: *TAZ* vom 5.7.1996.

3 *Jedem der halbe Abwasch,* in: *TAZ* vom 25.8.1995.

4 *Wert unentgeltlicher Arbeit erreicht Billionenhöhe,* in: *Süddeutsche Zeitung* vom 16.11.1995.

5 Hans Bertram/Renate Borrmann-Müller, *Von der Hausfrau zur Berufsfrau? Der Einfluß struktureller Wandlungen des Frauseins auf familiales Zusammenleben,* in: Uta Gerhardt/Yvonne Schütze, Hrsg., *Frauensituation,* Frankfurt/M. 1988.

6 Victor Thiessen/Harald Rohlinger, *Die Verteilung von Aufgaben und Pflichten im ehelichen Haushalt,* in: *Kölner Zeitschrift für Sozialpsychologie und Soziologie* 40, 1988. Außerdem der Vorschlag zur Rationalisierung des Haushalts aus heutiger wissenschaftlicher Perspektive; Claus Offe/Rolf G. Heinze, *Am Arbeitsmarkt vorbei. Überlegungen zur Neubestimmung »haushaltlicher« Wohlfahrtsproduktion in ihrem Verhältnis zu Markt und Saat,* in: *Leviathan* 14, 1986.

7 Synopse der Frauenförderrichtlinien der ASFH, FHW und der FU von Berlin. o. D.

8 Sehr instruktiv dazu aber die Frankfurter Dissertation aus dem Jahr 1934, die 1986 wieder zugänglich gemacht wurde: Margarete Freudenthal, *Gestaltwandel der städtischen, bürgerlichen und proletarischen Hauswirtschaft,* Berlin 1986.

9 Vgl. die Erinnerungen von Margarete Sallis-Freudenthal: *Ich habe mein Land gefunden,* Frankfurt/M. 1977.

10 Jean-Claude Kaufmann, *Schmutzige Wäsche. Zur ehelichen Konstruktion von Alltag,* Konstanz 19944

11 Adam Kuper, *Objects of Desire,* in: *Times Literary Supplement* vom 8.5.1998.

7. Die sexuelle Revolution enttäuscht ihre Kinder

1 *BKA: Gewalt gegen Frauen zurückgegangen,* in: *Süddeutsche Zeitung* vom 17.2.1993.

2 *Vergewaltigung: Viele Frauen sagen nichts,* in: *Berliner Zeitung* vom 1.4.1993, S. 1 und S. 19, ebd.: *Frauen geben sich oft selbst die Schuld.*

3 *Vergewaltigung: Sprunghaft gestiegen,* in: *TAZ* vom 17.5.1993.

4 *Broschüre gegen Gewalt,* in: *TAZ* vom 27.11.1997. Diese Broschüre ist bereits die dritte, die das »Berliner Interventionsprojekt gegen häusliche Gewalt« seit seiner Gründung im Herbst 1995 erstellt hat. Das mit Mitteln der Berliner Senatsfrauenverwaltung und des Bundesfrauenministeriums finanzierte Projekt widmet sich außerdem der Vernetzung von Schutz-, Interventions- und Strafmaßnahmen im Einzelfall. Es gibt auch soziale Trainingskurse für Täter. »Ziel ist, die Beratung und den Schutz der von Männergewalt betroffenen Frauen und Kinder zu verbessern und zum Abbau von Gewalt beizutragen.« Sogar von Gewaltprävention ist die Rede.

Zyniker könnten anderes vermuten. Die Rede von der »Männergewalt«, die kein Kavaliersdelikt ist und endlich geächtet gehört, bereitet die Erweiterung des Zuständigkeitsbereiches (wohlfahrts-)staatlicher Gewalt gegen bestimmte Gruppen von Personen vor, deren Konfliktlage zuvor feministisch-bürgerlich kodiert und damit entschärft worden ist: Häusliche Gewalt ist physische Gewalt, die in der Regel von Männern ausgeübt wird. Frauen sind hilflos und machtlos. Häusliche Gewalt ist keine Privatsache, und sollten betroffene Frauen das anders sehen, handelt es sich um ein Defizit ihres politischen Bewußtseins. Grundsätzlich besteht ein öffentliches Interesse an der aufarbeitenden Verfolgung von »Beziehungsgewalt«. Die Subtilisierung des Gewaltbegriffes – weg von der physischen zur psychischen und strukturellen etc. – und die Sensibilisierung der Wahrnehmung für Gewaltakte generell, an der der Feminismus unentwegt laboriert, haben die eigenen Gewaltambitionen nicht erfaßt. Die fünf Mitarbeiter des Berliner Projekts, mit Broschüren und Vernetzungen vollauf beschäftigt, werden daran nichts ändern.

»Allein in Berlin gibt es Zehntausende von Tätern, die zu Hause ihre Frauen schlagen. Weil viele Opfer ihre Mißhandler nicht anzeigen oder die Anzeigen auf Druck zurücknehmen, weil Polizisten und Staatsanwälte Gewaltakte oftmals als Familienstreiterei und Kavaliersdelikt werten (...) gehen die meisten Täter straflos aus. Werden sie aber verurteilt, werden sie in einem Männerknast vollends entsozialisiert und wüten nach ihrer Entlassung weiter.« Vgl. Ute Scheub, *Die unsichtbaren Täter,* in: *TAZ* vom 7./8.10.1995.

Wiederholt wird auch das Vorurteil widerlegt, daß Gewalt nur in bestimmten Schichten vorkommt. »Innerfamiliäre Gewalt kommt unabhängig vom Einkommen und dem Bildungsstand vor.« Vgl. Jens Anker, *Gewalt in der Ehe: Mehr Fälle als erwartet,* in: *Tagesspiegel* vom 11.2.1997. Wer kann das glauben? Selbst wenn das stimmen sollte, wäre eine Lehrerin auf die Hilfe von »BIG« nicht angewiesen. Weder in Heimen noch in Frauenhäusern findet man Kinder von Rechtsanwälten und Frauen von Beamten. Was hier wie da passiert, ist Sozialarbeit für die Unterschicht. Verzichtet man auf das feministische Pathos der »Männergewalt«, dann stößt man auf Arbeitslosigkeit, Krankheit und soziokulturelle Depravation.

Selbst tödlich verlaufende Beziehungsdelikte sind klar sozial bedingt, wie ein Soziologe herausgefunden hat. 200 Morde, die er in Berlin überprüft hat, fanden im Kontext von Armut, kleiner Wohnung, Arbeitslosigkeit, Unbildung und Alkoholismus statt. »Man sagt ja immer«, führte ein junge Richterin aus, »daß häusliche Gewalt quer durch alle Schichten geht; aber ich habe in meiner Praxis nicht diese Erfahrung gemacht. Ein einziges Mal hatte ich einen Akademiker als Täter. Meistens sind es Arbeitslose oder Sozialhilfeempfänger, die aus Verzweiflung zuschlagen. Ein weiterer großer Täterkreis sind Männer aus anderen Kulturkreisen, die behaupten, daß ihre Gesellschaft ihnen erlaube, ihre Frauen zu schlagen.« Barbara Bollwahn, *Viele zeigen sich einsichtig,* in: *TAZ* vom 19./20.7.1997.

5 *Gewalt gegen Frauen nimmt beängstigend zu,* in: *Süddeutsche Zeitung* vom 1.3.1996.

6 Susan Faludi, *Die Männer schlagen zurück,* Reinbek 1993. Das amerikanische Original unter dem Titel *The Undeclared War Against American Women* erschien 1991 und trug der Autorin den Pulitzer-Preis ein. Saßen in der Jury Feministinnen, oder ist das Patriarchat masochistisch?

7 Paul Möbius, *Über den physiologischen Schwachsinn des Weibes,* Halle a. S. 1900. Zu ähnlichen Ehren wie Möbius kamen neben Nietzsche Theodor Bischoff, *Das Studium und die Ausübung der Medizin durch Frauen,* München 1872, und Otto Weininger, *Geschlechter und Charakter,* Wien 1903.

8 So äußerte Frau Stamm sich sinngemäß in der Talk-Show von Sabine Christiansen: ARD am 26.7.1998.

9 Ende der siebziger Jahre versuchte Alice Schwarzer zwar, gegen ein

Titelbild des *Stern* eine Klage im Namen der beleidigten Frauenschaft durchzusetzen, das Stichwort Pornographie fehlte aber noch. Das Bild zeigte eine dunkelhäutige Nackte, von Eisenketten umschlungen, nicht schmerzverzerrt, eher verträumt und besinnlich. Gegenstand der Klage war die Entwürdigung der Frau(en) zum Sexualobjekt.

10 Zitiert nach dem insgesamt instruktiven Aufsatz von Annette Menzel, *Sexualität und Frauenbefreiung*. In: Inge Baxmann et al., *Texte – Taten – Träume. Wie weiter mit der Frauenbewegung?* Köln 1984, S. 160 ff.

11 Die *Badische Zeitung* in Freiburg widmete 1993 dem Thema »Weibsbilder« eine aufwendige Serie in Druck und Ton. Dieses Zitat ist entnommen dem Beitrag von Ursula Nuber, *Männergewalt und Frauengehorsam* vom 14.5.1993. Ganz im Sinn der Schwarzen Romantik beginnt die Autorin mit der Behauptung: »Zehntausende, ja, vielleicht Hunderttausende Frauen und Mädchen wurden und werden im Krieg im ehemaligen Jugoslawien vergewaltigt.« Haben wir es hier mit einem Ausnahmezustand zu tun? Keineswegs, denn Studien (?) belegen, daß auch bei uns zu normalen Zeiten »zwei Drittel aller Männer als mehr oder weniger gewaltbereit eingestuft werden« müssen. »Im Krieg gibt es für sie so etwas wie eine offizielle Erlaubnis, diese Bereitschaft auszuleben.« Den Unterschied von Gewalt und »gewaltbereit« kennen die Opfer wohl am besten. Wer zöge die Millionen »gewaltbereiter« Täter nicht den wenigen gewalttätigen vor?

12 Hat irgend jemand außer mir die Studie von Monika Holzbecher, Anna Braszeit, Ursula Müller und Sibylle Plogstedt: *Sexuelle Belästigung am Arbeitsplatz* gelesen? (Schriftenreihe des Bundesministers für Jugend, Familie, Frauen und Gesundheit, Band 260, Stuttgart 1991) Diese Karikatur sozialwissenschaftlicher Forschung wird nur noch übertroffen von dem Bericht über ein Modellprojekt in Berlin, den sexuellen Mißbrauch von weiblichen Kindern betreffend. Vgl. dazu Karin Walser, *Sexueller Mißbrauch und weibliches Bewußtsein. Eine Kritik am Modell »Wildwasser«*, in: Katharina Rutschky/Reinhart Wolff, Hrsg., *Handbuch Sexueller Mißbrauch*, Hamburg 1994 und 1999. Der Projektbericht wurde 1993 in der schon genannten Schriftenreihe des Bonner Ministeriums publiziert. Ganz und gar sonderbar mutet die »Bestandsanalyse des Helferinnensystems im Bereich Gewalt gegen Frauen und Mädchen in Niedersachsen« an. Die im Namen des Niedersächsischen Frauenministeriums 1992 tätig gewordene Gutachterin ist eine notorische Feministin. Warum hat man nicht die Firma Kienbaum beauftragt, damit wenigstens der Schein einer Evaluation gewahrt bleibt? Carol Hagemann-White reproduziert einesteils brav die Vorgaben des Feminismus hinsichtlich der

Männergewalt, jenseits aller halbwegs vernünftigen Empirie. Andererseits produziert sie jede Menge Nebel dort, wo wir erwarten, daß betroffene Frauen Auskunft über sich geben würden. Präzis prozentual werden wir darüber belehrt, wie viele Beratungsstellen mit welchen Ideen in Dörfern, Klein- und Großstädten tätig sind. Wie verschwindend wenige und welche Frauen da überhaupt vorsprechen bzw. geschickt werden – darüber werden wir nicht informiert.

13 Aushang im Besitz der Autorin.

14 Christine Burtscheidt, *Wenn Dozenten Studentinnen sexuell belästigen. Informationstag über ein Tabu-Thema,* in: *Süddeutsche Zeitung* vom 13.2.1995.

15 Gerlinde Unverzagt, *Wenn Frauen heilige Kühe melken ...* in: *Süddeutsche Zeitung* vom 19./20.2.1904.

16 Anja Kühne, *Der unerwünschte Blick auf den Busen. Sexuelle Belästigung an der Uni,* in: *Tagesspiegel* vom 21.1.1997.

17 Eine in allen Medien reproduzierte Meldung behauptete, daß die Fuldaer Fachhochschule Seminarscheine gegen sexuelle Dienstleistungen in einem Hotel ausstellen würde, das in der Nähe läge. Diese leicht zu erweisende Falschmeldung mit ihren komplizierten Weiterungen im Körper der Lehrenden und Lernenden hatte Gremiensitzungen, Vollversammlungen und Vortragsveranstaltungen zur Folge, die kein Rechnungshof in ihren Kosten je ermitteln wird. Über die Ereignisse von 1992 wurde auch eine Broschüre publiziert.

18 Bascha Mika, *Alice Schwarzer. Eine kritische Biographie,* Reinbek 1998, dort Kapitel 4: »Es gibt kein Privatleben«.

19 Alice Schwarzer, *Der kleine Unterschied und seine großen Folgen,* erweiterte und aktualisierte Ausgabe. Mir liegt die Taschenbuchausgabe Frankfurt/M. 1994 vor. Alle Zitate aus dem zweiten Hauptteil über die »Funktion der Sexualität bei der Unterdrückung der Frauen«.

20 »Die Feministin Alice Schwarzer gibt der Potenzpille Viagra schlechte Noten. (...) So ein Potenzmittel fixiere die Männer erneut auf ein ›dumpfes Reinraus‹. (...) Ganz sicher werde die Pille neue Probleme bringen, ›denn diese Art von Hauruck-Sex interessiert Frauen nicht ... Viagra fördert lediglich den männlichen Narzißmus: jedes Würstchen ein Tarzan‹. Wenn ein Mann Streß habe, solle er es lassen und sich lieber über den Streß Gedanken machen. ›Dann ist es vielleicht besser, einfach zu relaxen, statt zu rammeln.‹ Eine Gefahr sieht Schwarzer auch für Jugendliche. ›Die jungen Männer sind ja schon Opfer einer allgegenwärtigen Pornographie, in der es nicht um Liebe und Lust, sondern um Gewalt und Macht geht. Da fällt so ein mechanischer Verstärker vermutlich auf fruchtbaren Boden.« Mütter, warnt eure Töchter!

Daß Viagra auch für Frauen in Frage kommt, habe ich sonst nicht gelesen, erklärt sich aber wohl aus der Schwarzerschen Theorie von den schlichten Menschen, bei denen die Unterschiede zwischen Männern und Frauen unwichtig geworden sind: »Für gesunde Frauen sei die Pille wenig geeignet. ›Zwar sind sich die Körper von Männern und Frauen ja ganz ähnlich: Auch Frauen haben Schwellkörper und eine Art Penis, die Klitoris.‹ Aber hier gelte dasselbe wie für Männer: ›Sexualität ist viel mehr als ein Blutstau.‹« In: *Berliner Zeitung* vom 27.5.1998.

8. Von der Rebellion zur Reaktion

1 Dazu referierend und resümierend Heinz-Elmar Tenorth, *Geschlecht als Kategorie in der Erziehungswissenschaft;* Heiner Drerup, *Die neuere Koedukationsdebatte zwischen Wissenschaftanspruch und politisch-praktischem Orientierungsbedürfnis,* und Juliane Jacobi, *Modernisierung durch Feminisierung? Zur Geschichte des Lehrerinnenberufes.* Alle in: *Zeitschrift für Pädagogik,* Heft 6, 1997. Zur feministischen Version des Verhältnisses von Schule, Kind und Mutter vor allem Ute Enders-Dragässer, *Frauen und Schule.* Gutachten im Auftrag des BMBW, Bonn 1982, und viele andere Veröffentlichungen.

2 Thomas Rauschenbach, *Der neue Generationenvertrag: Von der privaten Erziehung zu den sozialen Diensten,* in: *Zeitschrift für Pädagogik,* Beiheft 32, 1994,S. 161–176.

3 Schöne Vorarbeiten zum Thema »Frauen träumen, Frauen kaufen und lesen und träumen weiter« hat Elke Schubert versammelt, vgl. *Wenn Frauen zu viel schreiben,* Berlin 1998. Dort Analysen und Satiren zu Groult, aber auch Toni Morrison und Hera Lind.

4 Ute Ehrhardt, *Gute Mädchen kommen in den Himmel, böse überall hin. Warum Bravsein uns nicht weiterbringt,* Frankfurt/M. 1994. Dies., *Und jeden Tag ein bißchen böser. Das Handbuch,* Frankfurt/M. 1996. Etwas ausführlicher dazu von mir: *Abschied vom Backfisch. Böse in drei Tagen: Ute Ehrhardts weibliche Selbsterziehung,* in: *Frankfurter Allgemeine Zeitung* vom 28.2.1997.

5 Meldung der *Süddeutschen Zeitung* vom 8.9.1998.

6 Petra Schnelzer, *Zehn Jahre Frauenhaus,* in: *Frankfurter Rundschau* vom 29.11.1997. Es heißt da: »Für Frauen, die Opfer männlicher Gewalt sind, gründete der Verein »Frauen helfen Frauen« 1987 das Frauenhaus Wetterau. Nach zehn Jahren zogen die Mitarbeiterinnen Bi-

lanz: Im Vordergrund steht immer mehr die Sozialarbeit. Gesellschaftlich konnte die Frauenhausbewegung bislang eher wenig verändern.« Putzig ist in diesem Zusammenhang auch die Meldung einer Berliner Zeitung: »Mädchen schlagen immer öfter zu. Zunehmende Gewaltbereitschaft.« Die Zahl der weiblichen Tatverdächtigen bis zu 21 Jahren stieg zwischen 1991 und 1996 von 458 auf 850. Das ist einesteils eine enorme Zunahme, andernteils ist diese Zahl, verglichen mit den männlichen Tatverdächtigen jeder Altersgruppe, vernachlässigungswert. Soll hier auch ein Gleichstellungsauftrag ergehen oder die Quote obligat werden? in: *Tagesspiegel* vom 4.12.1997.

9. Beschluß

1 Die Trivialisierung der »sexuellen Gewalt« hierzulande durch die Massenmedien trieb die Frauen in die Fremde oder die Geschichte. Helke Sander hängte sich an den Mythos der vergewaltigenden Russen; andere schwärmten in die Kultur der Prostitution nach Thailand aus; wieder andere entdeckten den Frauenhandel oder den Skandal der Klitorisbeschneidung. Eine Liste ohne Ende. Anfang Oktober 1998 trat auf Einladung der Heinrich-Böll-Stiftung (Bei den Grünen das Äquivalent zur Adenauer-, Ebert- oder Naumann-Stiftung) die Professorin für lesbische und schwule Theorie an der New York University, Lisa Duggan, in Berlin auf. Ihr reicht es nicht, daß sexuelle Minoritäten nicht länger polizeilich verfolgt oder diskriminiert werden dürfen. Wie bei der Gleichberechtigung der Frauen ist diese auch hier nicht das Tor zur ersehnten Freiheit, sondern liefert die Lizenz zur Paranoia. Die mühsam erarbeitete Toleranz der Heterosexuellen (Polizei, Kirchen, Konservative ...) schert sie einen Teufel. 1. zieht Frau Duggan grundlegend jene »heterosexuelle Rechtsstruktur« in Zweifel, die Lesben und Schwulen anerkennt. 2. ist sie entschlossen, auch ganz subtile sexuelle Rassismen zu »thematisieren« ... Es ist wie bei manchen Feministinnen: Frau Duggan will nicht gewinnen, sie will recht haben und hassen. Vgl. *TAZ* vom 6.10.1998: Jan Feddersen, *Jour fixe – Lisa Duggan kritisiert heterosexuelle Rechtsstrukturen.*

2 Vgl. dazu meine Überlegungen zum Thema »Mein Fremdkörper«, in: *Merkur* 38, 1984, H. 2.

3 *Der Spiegel* vom 19.7.1993: »Verlorene Rarität«.